La Classe de neige

Emmanuel Carrère

La Classe de neige

Récit

FRANCE LOISIRS
123, boulevard de Grenelle, Paris

Une édition du Club France Loisirs, Paris
réalisée avec l'autorisation de P.O.L éditeur.

ISBN : 2-7242-9440-8

1

Plus tard, longtemps, jusqu'à maintenant, Nicolas essaya de se rappeler les dernières paroles que lui avait adressées son père. Il lui avait dit au revoir à la porte du chalet, répété des conseils de prudence, mais Nicolas était tellement gêné de sa présence, il avait tellement hâte de le voir repartir qu'il n'avait pas écouté. Il lui en voulait d'être là, d'attirer des regards qu'il devinait moqueurs et s'était dérobé, en baissant la tête, au baiser d'adieu. Dans l'intimité familiale, ce geste lui aurait valu des reproches mais il savait qu'ici, en public, son père n'oserait pas.

Avant, dans la voiture, ils avaient dû parler. Nicolas, assis à l'arrière, trouvait difficile de se faire entendre à cause du bruit de la soufflerie, poussée au maximum pour désembuer les vitres. Son souci était de savoir s'ils trouveraient sur la route une station Shell. Pour rien au monde, cet hiver, il n'aurait consenti à ce qu'on achète de l'essence ailleurs, car Shell donnait des bons permettant de gagner un bonhomme en plastique dont le dessus se soulevait comme le couvercle d'une boîte, découvrant le squelette et les organes : on pouvait les retirer, les remettre et ainsi se familiariser avec l'anatomie du corps humain. L'été précédent, dans les stations Fina, on gagnait des matelas pneumatiques et des bateaux gonflables. Ailleurs, c'étaient des illustrés, dont Nicolas avait la collection complète. Il se jugeait privilégié, au moins de ce point de vue, à cause du métier de son père qui passait son temps sur les routes et devait faire le plein tous les deux ou trois jours. Avant chacune de ses tournées, Nicolas se faisait indiquer l'itinéraire sur la carte, calculait le nombre de kilomètres et le convertissait en bons qu'il rangeait dans le coffre-fort, de la taille d'une boîte à cigares, dont il était le seul à connaître la formule. Ses parents le lui avaient offert à Noël – « pour tes petits secrets », avait dit son père – et il avait tenu à l'emporter dans son sac. Il aurait bien voulu, pendant le voyage, recompter les bons et calculer combien il lui en fallait encore, mais le sac était dans le coffre de la voiture et son père avait refusé de s'arrêter pour l'ouvrir : on profiterait d'une étape. Finalement, il n'y eut pas de station Shell, ni d'étape avant le chalet. Voyant Nicolas déçu, son père promit de rouler suffisamment d'ici la fin de la classe de neige pour gagner l'écorché anatomique. S'il lui confiait les bons, il le trouverait pour son retour à la maison.

La dernière partie du trajet s'effectua sur des petites routes, pas assez enneigées pour devoir mettre les chaînes, et cela aussi déçut Nicolas. Auparavant, ils avaient roulé sur l'autoroute. A un moment, la circulation ralentit, puis s'immobilisa pendant quelques minutes. Le père de Nicolas, énervé, tapota le volant en grognant que ce n'était pas normal, un jour de semaine au mois de février. De la banquette arrière, Nicolas ne pouvait voir que son profil perdu, sa nuque épaisse engoncée dans le col du pardessus. Ce profil et cette nuque exprimaient le souci, une fureur amère et butée. Enfin, les voitures se remirent à rouler. Le père de Nicolas soupira, se détendit un peu : ce devait être juste un accident, dit-il. Nicolas fut choqué par ce ton de soulagement : comme si un accident, parce qu'il provoquait seulement un bouchon de courte durée, résorbé avec l'arrivée des secours, pouvait être considéré comme une chose désirable. Il était choqué, mais aussi plein de curiosité. Le nez collé à la vitre, il espérait voir les voitures en accordéon, les corps sanglants qu'on emportait sur les civières dans le tournoiement des gyrophares, mais il ne vit rien du tout et son père, surpris, dit que non, finalement, ça ne devait pas être ça. Le bouchon disparu, son mystère subsista.

2

Le départ pour la classe de neige avait eu lieu la veille, en autocar. Mais dix jours plus tôt s'était produit un drame, dont on avait montré des images aux informations télévisées : un poids lourd ayant percuté un autocar scolaire, plusieurs enfants étaient morts atrocement brûlés. Le lendemain se tenait à l'école une réunion pour préparer la classe de neige. Les parents devaient recevoir les dernières instructions concernant le trousseau de leurs enfants, les habits qu'il fallait marquer, les enveloppes timbrées dont il fallait les munir pour qu'ils écrivent à la maison, les coups de téléphone qu'en revanche il valait mieux éviter, sauf cas de force majeure, afin qu'ils se sentent pleinement là où ils seraient et non retenus comme par un fil à leur milieu familial. Cette dernière consigne heurta plusieurs mères : ils étaient bien petits encore... La maîtresse, patiemment, répéta que c'était dans leur intérêt. Le principal objectif d'un tel séjour était de leur apprendre à voler de leurs propres ailes.

Le père de Nicolas dit alors, assez brusquement, que le principal objectif de l'école n'était pas, selon lui, de couper les enfants de leur famille et qu'il ne se gênerait pas pour téléphoner s'il en avait envie. La maîtresse ouvrit la bouche pour répondre, mais il la coupa. Il était venu soulever un problème beaucoup plus grave : celui de la sécurité en autocar. Comment être certain qu'il n'arriverait pas une catastrophe comme celle dont tout le monde avait vu la veille les images ? Oui, comment en être certain ? répétèrent d'autres parents, qui n'avaient pas osé poser la question, mais devaient y penser aussi. La maîtresse reconnut qu'on ne pouvait pas en être certain, hélas. Elle pouvait seulement dire qu'on était très pointilleux sur la sécurité, que le chauffeur conduisait prudemment et que des risques raisonnables faisaient partie de la vie. Pour être absolument certains que leurs enfants ne soient pas écrasés par une voiture, il faudrait que les parents ne les laissent jamais sortir de la maison ; et encore, ils n'y seraient pas à l'abri d'un accident avec un appareil ménager, ou simplement de la maladie. Certains parents admirent la justesse de l'argument, mais beaucoup furent choqués par le fatalisme avec lequel la maîtresse l'exposait. Elle souriait même en disant cela.

« On voit bien que ce ne sont pas vos enfants ! », lança le père de Nicolas. Cessant de sourire, la maîtresse répondit qu'elle avait un enfant aussi, et qu'il était allé en classe de neige l'année précédente, en autocar. Alors le père de Nicolas déclara qu'il préférait conduire lui-même son fils au chalet : au moins, comme ça, il saurait qui était derrière le volant.

La maîtresse fit observer qu'il y avait plus de 400 kilomètres.

Tant pis, il avait décidé.

Mais ce ne serait pas bon pour Nicolas, plaida-t-elle encore. Pour son intégration dans le groupe.

« Il s'intégrera parfaitement, dit le père de Nicolas ; et il ricana : ne me faites pas croire qu'arriver en voiture avec son papa fera de lui un paria. »

La maîtresse lui demanda d'y réfléchir sérieusement, lui proposa de voir la psychologue qui confirmerait son opinion, mais admit qu'en dernier ressort la décision lui appartenait.

Le lendemain, à l'école, elle voulut en parler à Nicolas, pour savoir de qui venait l'idée. Marchant sur des œufs, comme toujours avec lui, elle lui demanda ce qu'il préférait. La question mit Nicolas mal à l'aise. Au fond de lui-même, il savait bien qu'il aurait mieux aimé voyager en car comme tout le monde. Mais la décision de son père était prise, il n'en changerait pas, et Nicolas ne voulait pas, vis-à-vis de la maîtresse et des autres élèves, avoir l'air de subir une contrainte. Il haussa les épaules, dit que ça lui était égal, que c'était bien comme ça. La maîtresse n'insista pas : elle avait fait ce qu'elle avait pu et, puisqu'il était clair qu'elle n'y changerait rien, mieux valait ne pas dramatiser la situation.

3

Nicolas et son père furent au chalet peu avant la tombée de la nuit. Arrivés la veille, les autres avaient pris le matin leur première leçon de ski et maintenant se tenaient dans une grande salle, au rez-de-chaussée, où l'on projetait un film sur la flore et la faune alpines. On interrompit la projection pour accueillir les nouveaux venus. Pendant que la maîtresse, dans le hall, parlait avec le père de Nicolas et lui présentait les deux moniteurs, les enfants dans la salle se mirent à chahuter. Nicolas, sur le seuil, les regardait sans oser les rejoindre. Il entendit son père demander comment ça se passait, le ski, et le moniteur lui répondre en riant qu'il y avait peu de neige, que les gosses apprenaient surtout le ski sur herbe, mais que c'était un début. Son père voulut savoir encore si à la fin du séjour ils auraient un diplôme. Un chamois ? Le moniteur rit encore et dit : « Un flocon, peut-être. » Nicolas se dandinait d'un pied sur l'autre, le visage fermé. Quand enfin son père repartit, il se laissa embrasser de mauvaise grâce et ne sortit pas lui dire au revoir dehors. Du hall, il écouta avec soulagement, le moteur diesel gronder sur le terre-plein, puis s'éloigner.

La maîtresse chargea les moniteurs de rétablir l'ordre et de remettre en route la projection, pendant qu'elle aiderait Nicolas à s'installer. Elle lui demanda où était son sac, pour le monter dans le dortoir. Nicolas regarda autour de lui, sans voir le sac. Il ne comprenait pas.

« Je croyais qu'il était là, murmura-t-il.

– Tu l'as bien emporté ? », demanda la maîtresse.

Oui, Nicolas se rappelait très bien quand on l'avait mis dans le coffre, entre les chaînes et les mallettes à échantillons de son père.

« Et en arrivant, vous l'avez sorti du coffre ? »

Nicolas secoua la tête en se mordant les lèvres. Il n'en était pas sûr. Ou plutôt, si : il était sûr maintenant qu'on avait oublié de l'en sortir. Ils étaient descendus, puis son père était remonté et à aucun moment on n'avait ouvert le coffre.

« C'est trop bête », dit la maîtresse, mécontente. La voiture était repartie depuis cinq minutes, mais il était déjà trop tard pour la rattraper. Nicolas avait envie de pleurer. Il bafouilla que ce n'était pas sa faute. « Tu aurais quand même pu y penser », soupira la maîtresse. Voyant combien il semblait malheureux, elle se radoucit, haussa les épaules et dit que c'était bête, mais pas bien grave. On allait s'arranger. De toute façon, son père s'en rendrait compte très vite. Oui, confirma Nicolas, quand il ouvrirait le coffre pour sortir ses mallettes d'échantillons. La maîtresse en conclut qu'il ne tarderait pas à rapporter le sac. Oui, oui, dit Nicolas, partagé entre le désir de retrouver ses affaires et la crainte de voir revenir son père.

« Est-ce que tu sais, demanda la maîtresse, où il compte s'arrêter pour dormir ? »

Nicolas ne le savait pas.

La nuit était tombée maintenant, ce qui rendait peu probable que le père de Nicolas rapporte le sac avant le lendemain matin. Il fallait donc trouver une solution pour la nuit. La maîtresse regagna avec Nicolas la grande salle où la projection avait pris fin et où on s'apprêtait à mettre la table du dîner. En franchissant le seuil derrière elle, il ressentait les pénibles impressions du nouveau à qui rien n'est familier, dont on va certainement se moquer. Il sentait que la maîtresse faisait ce qu'elle pouvait pour le protéger de l'hostilité et des railleries. Après avoir frappé dans ses mains pour réclamer l'attention, elle annonça sur un ton de plaisanterie que Nicolas, comme toujours dans la lune, avait oublié son sac. Qui voulait lui prêter un pyjama ?

La liste polycopiée prévoyant que chacun en apporte trois, tout le monde était en mesure de consentir ce prêt, mais personne ne se proposa. Sans oser regarder le cercle d'enfants rassemblés autour d'eux, Nicolas se tenait près de la maîtresse, qui répéta son appel en s'énervant un peu. Il entendit des gloussements, puis une phrase dont il n'identifia pas l'auteur, mais que salua un éclat de rire général :

« Il va pisser dedans ! »

C'était une méchanceté gratuite, certainement lancée au hasard, mais qui frappait juste. Il arrivait encore à Nicolas de mouiller son lit, rarement mais il redoutait quand même de dormir ailleurs que chez lui. Depuis qu'il était question de la classe de neige, c'était un de ses grands motifs d'inquiétude. Il avait d'abord dit qu'il ne voulait pas y aller. Sa mère avait demandé un rendez-vous à la maîtresse, qui l'avait tranquillisée : il ne serait sans doute pas le seul, et d'ailleurs ce type de trouble disparaissait souvent en collectivité ; il suffirait, en cas, de prendre un pyjama de plus, et une alèse pour protéger le matelas. Malgré ces paroles rassurantes, Nicolas avait suivi la préparation de son sac avec anxiété : puisqu'ils allaient dormir dans des dortoirs, comment pourrait-il placer l'alèse sous le drap sans qu'on le remarque ? Ce souci et quelques autres du même genre l'avaient torturé avant le départ, mais même dans le pire cauchemar il n'aurait pu imaginer ce qui lui arrivait réellement : se retrouver privé de sac, d'alèse, de pyjama, réduit à en mendier un qu'on lui refusait en se moquant de lui, et dès son arrivée percé à jour, comme si sa honte était écrite sur sa figure.

Pour finir, quelqu'un dit qu'il lui prêterait un pyjama. C'était Hodkann. Cela aussi fit rire, car il était le plus grand de la classe et Nicolas un des plus petits, au point qu'on pouvait se demander si l'offre ne visait pas à le ridiculiser davantage. Mais Hodkann coupa court aux railleries en disant que celui qui embêterait Nicolas aurait affaire à lui, et chacun se le tint pour dit. Nicolas lui jeta un regard de reconnaissance inquiète. La maîtresse semblait soulagée, mais perplexe, comme si elle redoutait un piège. Hodkann avait sur les autres garçons une grande autorité, qu'il exerçait de façon capricieuse. Dans tous les jeux, par exemple, on se définissait par rapport à lui, sans savoir d'avance s'il allait tenir le rôle d'arbitre ou celui de chef de bande, rendre la justice ou bien la violer cyniquement. Il pouvait, à quelques secondes d'intervalle, se montrer extraordinairement gentil et extraordinairement brutal. Il protégeait et récompensait ses vassaux, mais aussi bien les disgraciait sans raison, les remplaçait par d'autres qu'il avait jusqu'alors dédaignés ou maltraités. Avec Hodkann, on ne savait jamais sur quel pied danser. On l'admirait et le craignait. Même les adultes semblaient le craindre : d'ailleurs, il avait presque la taille d'un adulte, la voix d'un adulte, sans rien de la gaucherie des enfants trop vite poussés. Il bougeait, parlait avec une aisance presque déplacée. Il pouvait être grossier, mais aussi s'exprimer avec une distinction, une richesse et une précision de vocabulaire surprenantes pour son âge. Il avait de très bonnes notes ou de très mauvaises, sans paraître s'en soucier. Sur la fiche qu'on remplissait au début de l'année, il avait écrit « père : décédé », et on savait qu'il vivait seul avec sa mère. Le samedi à midi, seulement ce jour-là, elle venait le chercher dans une petite voiture de sport rouge. Elle n'en descendait pas, mais on avait quand même le temps de voir qu'avec sa beauté agressive, fardée, ses joues creuses, sa crinière de cheveux roux qui paraissaient inextricablement emmêlés, elle ne ressemblait pas aux autres mères d'élèves. En dehors du samedi, Hodkann allait à l'école et en revenait seul, en tramway. Il habitait loin, on se demandait pourquoi il ne fréquentait pas une école plus proche de chez lui, mais ce genre de question qu'il aurait été facile de poser à un autre devenait impossible face à Hodkann. En le voyant s'éloigner vers la station, son sac sur l'épaule – il était le seul à ne pas porter de cartable sur le dos –, on essayait en vain, et chacun à part soi car nul n'osait parler de lui en son absence, d'imaginer son trajet, le quartier où ils habitaient, sa mère et lui, leur appartement, sa chambre. L'idée qu'il existait quelque part dans la ville un lieu qui était la chambre de Hodkann avait quelque chose d'à la fois improbable et mystérieusement attirant. Personne n'y avait jamais pénétré et lui-même n'allait pas chez les autres. Nicolas partageait avec lui cette singularité, mais elle était dans son cas plus discrète et personne, espérait-il, ne s'en était aperçu. Personne ne pensait à l'inviter ni n'attendait d'être invité chez lui. Il était aussi effacé et craintif que Hodkann était hardi et autoritaire. Depuis le début de l'année, il avait une peur terrible que Hodkann le remarque, lui demande quelque chose, et à plusieurs reprises avait fait des cauchemars dans lesquels il le choisissait pour souffre-douleur. Aussi fut-il très inquiet quand Hodkann, comme un empereur romain saisi au cirque d'un accès de mansuétude, mit fin au supplice du pyjama. S'il le prenait sous sa protection, il pouvait aussi bien ensuite l'abandonner, ou le livrer aux autres qu'il aurait excités contre lui. Beaucoup la recherchaient, mais tous savaient que la faveur de Hodkann était dangereuse, et Nicolas jusqu'à présent était arrivé à ne pas attirer son attention. A présent c'était fini, il avait par la faute de son père attiré l'attention de tout le monde et devinait que son pressentiment était juste : la classe de neige allait être une épreuve terrible.

4

La plupart des élèves déjeunaient habituellement à la cantine, mais pas Nicolas. Sa mère venait le chercher ainsi que son petit frère, encore à l'école maternelle, et ils prenaient tous trois le repas à la maison. Leur père disait qu'ils avaient beaucoup de chance et que leurs camarades étaient à plaindre de fréquenter la cantine, où l'on mangeait mal et où survenaient souvent des bagarres. Nicolas pensait comme son père, et si on le lui demandait se déclarait heureux d'échapper à la mauvaise nourriture et aux bagarres. Cependant, il se rendait compte que les liens les plus forts entre ses camarades s'établissaient surtout entre midi et deux heures, à la cantine et dans le préau où on vaquait après le repas. Pendant son absence, on s'était envoyé des petits suisses à la figure, on avait été puni par les surveillants, on avait conclu des alliances et chaque fois, quand sa mère le ramenait, c'était comme s'il avait été nouveau et devait reprendre à zéro les relations nouées le matin. Personne à part lui n'en gardait le souvenir : trop de choses s'étaient passées durant les deux heures de cantine.

Il savait qu'au chalet ce serait comme la cantine, mais pendant deux semaines, sans interruption ni possibilité de rentrer chez lui si cela se révélait trop dur. Il appréhendait cela, ses parents l'appréhendaient aussi, au point qu'ils avaient demandé au médecin s'il accepterait de faire un certificat médical pour que Nicolas n'y aille pas. Mais le médecin avait refusé, assurant que ça lui ferait le plus grand bien.

En plus de la maîtresse et du chauffeur du car, responsable également de la cuisine, il y avait au chalet deux moniteurs, Patrick et Marie-Ange, qui, lorsque Nicolas rejoignit le groupe, formaient des équipes chargées de mettre la table : les uns s'occupaient des couverts, les autres des assiettes, etc. Patrick était celui qui, en riant, avait parlé de ski sur herbe au père de Nicolas. Grand, large d'épaules, il avait un visage anguleux et bronzé, des yeux très bleus, les cheveux longs rassemblés en queue de cheval. Marie-Ange, un peu boulotte, montrait en souriant une dent cassée sur le devant. Tous deux portaient des survêtements vert et mauve, et au poignet des petits bracelets brésiliens en fils tressés, multicolores, qu'on noue en faisant un vœu et qu'on doit garder jusqu'à ce qu'ils se détachent d'eux-mêmes : alors, en principe, le vœu est accompli. Patrick avait toute une réserve de ces bracelets, qu'il distribuait comme des décorations à ceux dont il était content. Juste après l'arrivée de Nicolas, il lui en donna un, ce qui révolta plusieurs garçons qui espéraient en avoir : Nicolas n'avait rien fait pour le mériter ! Patrick rit et, au lieu de dire que le pauvre Nicolas, n'ayant pas ses affaires, devait être consolé, raconta que quand sa sœur et lui étaient petits, leur père punissait toujours l'un quand l'autre avait fait une bêtise, et inversement, afin de leur apprendre tôt qu'il y a de l'injustice dans la vie. Nicolas le remercia muettement de ne l'avoir pas mis en position de chouchou pleurnichard et, en faisant le tour des tables pour distribuer les cuillers à soupe que Patrick lui avait confiées, réfléchit au vœu qu'il allait former. Il pensa d'abord demander de ne pas faire pipi au lit la nuit qui allait venir, puis de ne pas faire pipi au lit pendant toute la durée de la classe de neige, puis s'avisa qu'il pouvait, au point où il en était, demander que tout se passe bien pendant la classe de neige. Et pourquoi pas que tout se passe bien toute sa vie ? Pourquoi ne pas former le vœu que tous ses vœux soient toujours exaucés ? L'avantage d'un vœu aussi général que possible, englobant tous les vœux particuliers, semblait à première vue si évident qu'il flairait le piège, un peu comme dans l'histoire des trois souhaits, qu'il connaissait sous sa forme gentiment enfantine, avec un paysan dont le nez se transforme en saucisse, mais aussi dans une version beaucoup plus effrayante.

Au-dessus du lit de ses parents, à la maison, courait un rayonnage chargé de poupées folkloriques et de livres. La plupart traitaient de bricolage ou de guérison par les plantes, mais deux d'entre eux intéressaient Nicolas. Le premier, un gros volume vert, était le dictionnaire médical, qu'il n'osait emporter dans sa chambre, craignant qu'on remarque son absence, et devait donc lire par petits bouts, le cœur battant, en louchant sur la porte entrouverte. L'autre s'appelait *Histoires épouvantables*. La couverture montrait une femme de dos qui se regardait dans un miroir, et dans ce miroir on voyait un squelette grimaçant. C'était un livre de poche, plus maniable que le dictionnaire. Sans en parler, devinant qu'on le lui retirerait des mains en disant que ce n'était pas de son âge, Nicolas l'avait descendu et caché dans sa chambre, derrière les quelques livres qu'il possédait, lui. Quand il s'y plongeait, allongé sur le ventre en travers de son lit, il tenait prêt pour lui servir de couverture, en cas d'alerte, le volume des *Contes et légendes de l'Égypte ancienne* où il avait lu dix fois l'histoire d'Isis et d'Osiris. L'une des « histoires épouvantables » racontait comment un vieux couple découvre les propriétés d'une sorte d'amulette, une patte de singe coupée, noirâtre, toute desséchée, capable d'exaucer trois souhaits que formulera son propriétaire. L'homme, sans réfléchir ni d'ailleurs trop y croire, demande une certaine somme d'argent dont il a besoin pour réparer son toit. Aussitôt, la femme lui reproche sa sottise : il aurait dû demander beaucoup plus ; il a gâché le souhait ! Quelques heures plus tard, on frappe à la porte. C'est un employé de l'usine où travaille leur fils. Il est très troublé, il a une terrible nouvelle à leur annoncer. Un accident. Leur fils a été pris dans les engrenages d'une machine et déchiqueté. Il est mort. Le directeur de l'usine leur demande d'accepter une certaine somme, pour les obsèques : exactement celle qu'avait demandée le père ! La mère hurle de douleur et à son tour formule un vœu : que leur fils leur soit rendu ! Et voici que, la nuit tombée, viennent se traîner devant la porte les morceaux de son corps déchiqueté, petits ballots de chair sanguinolents qui gigotent sur le perron, une main coupée essayant de s'introduire dans la maison où se barricadent ses parents pétrifiés d'épouvante. Il ne leur reste plus qu'un vœu : que cette chose sans nom disparaisse ! Qu'elle meure pour de bon !

5

On couchait à six dans chaque dortoir et il restait une place libre dans celui de Hodkann qui, sans demander l'avis de personne, déclara que Nicolas l'occuperait. La maîtresse approuva : tout en se méfiant de ses revirements inattendus, elle trouvait bien que le plus grand de la classe protège ainsi le plus petit, ce Nicolas craintif et trop couvé qui lui faisait un peu pitié. Les dortoirs étaient équipés de lits superposés. Hodkann ayant décrété qu'il coucherait en haut, au-dessus de lui, Nicolas grimpa à l'échelle, revêtit le pyjama prêté en se tortillant et retroussant manches et jambes. La veste lui arrivait aux genoux, la taille flottait. Il dut aller aux toilettes en tenant son pantalon à deux mains. Il n'avait par ailleurs ni chaussons, ni serviette, ni gant de toilette, ni brosse à dents, accessoires qu'on ne pouvait lui prêter car chacun les possédait en un seul exemplaire. Heureusement, personne n'y pensa et il parvint à glisser sans se faire remarquer dans le remue-ménage de la toilette nocturne, pour se retrouver couché parmi les premiers. Patrick, qui était chargé de son dortoir, vint lui ébouriffer les cheveux et lui dit de ne pas s'en faire : tout allait bien se passer. Et si quelque chose n'allait pas, il viendrait lui en parler à lui, Patrick, c'était promis ? Nicolas promit, partagé entre le réconfort réel que lui donnait cette assurance et l'impression pénible que tout le monde s'attendait à ce que quelque chose n'aille pas pour lui.

Quand tous furent au lit, Patrick éteignit la lumière, dit bonne nuit et ferma la porte. On se retrouva dans le noir. Nicolas pensait qu'aussitôt commencerait un chahut, une bataille de polochons où il aurait du mal à tenir sa partie, mais non. Il comprit que chacun attendait pour parler d'y être autorisé par Hodkann. Celui-ci laissa se prolonger le silence un bon moment. Les yeux s'habituaient à l'obscurité. Les souffles devenaient plus réguliers, mais on sentait quand même une attente.

« Nicolas, dit finalement Hodkann, comme s'ils avaient été seuls dans le dortoir, comme si les autres n'existaient pas.

– Oui ? murmura Nicolas en écho.

– Qu'est-ce qu'il fait, ton père ? »

Nicolas dit qu'il était représentant. Il était assez fier de cette profession qui lui semblait prestigieuse, un peu mystérieuse même.

« Il voyage beaucoup, alors ? demanda Hodkann.

– Oui, dit Nicolas et, répétant une expression qu'il avait entendue dans la bouche de sa mère : il est tout le temps sur les routes. »

Il allait s'enhardir à parler des avantages que cela représentait pour les cadeaux dans les stations d'essence, mais n'en eut pas le temps : Hodkann voulait savoir ce que son père vendait, comme genre de trucs. A la grande surprise de Nicolas, il ne semblait pas le questionner pour se moquer de lui, mais parce qu'il éprouvait pour le métier de son père une véritable curiosité. Nicolas dit qu'il était représentant en matériel chirurgical.

« Des pinces ? Des bistouris ?

– Oui, et aussi des prothèses.

– Des jambes de bois ? », s'enquit Hodkann, égayé, et Nicolas sentit, comme un signal d'alarme au fond de lui, le risque de moquerie se rapprocher.

« Non, dit-il, de plastique.

– Il se promène avec des jambes en plastique dans le coffre de sa voiture ?

– Oui, et aussi des bras, des mains...

– Des têtes ? pouffa soudain Lucas, un garçon roux qui portait des lunettes et qu'on aurait pu croire, comme les autres, endormi.

– Non, dit Nicolas, pas des têtes ! Il est représentant en matériel chirurgical, pas en farces et attrapes ! »

Un petit rire indulgent de Hodkann salua cette sortie, et Nicolas se sentit soudain très fier et très à l'aise : protégé par Hodkann, il pouvait lui aussi dire des choses drôles, faire rire.

« Il te les a montrées, ces prothèses ? demanda encore Hodkann.

– Bien sûr, affirma Nicolas, à qui ce premier succès donnait de l'assurance.

– Tu en as déjà essayé une ?

– Non, ça n'est pas possible. Comme ça se met à la place de la jambe ou du bras, si tu as déjà ta jambe ou ton bras pour de bon, tu ne peux les accrocher nulle part.

– Moi, dit Hodkann d'une voix paisible, si j'étais ton père, je me servirais de toi pour faire les démonstrations. Je te couperais les bras et les jambes, j'adapterais les prothèses et je te montrerais comme ça à mes clients. Ça ferait une bonne publicité. »

Les occupants du lit voisin éclatèrent de rire, Lucas dit quelque chose au sujet du capitaine Crochet, dans *Peter Pan*, et Nicolas eut peur, tout à coup, comme si Hodkann montrait enfin son vrai visage, encore plus dangereux qu'il ne l'avait redouté. Les hommes de main, serviles, commencent déjà à rire tandis que le potentat cherche nonchalamment dans son imagination le plus raffiné des supplices. Mais Hodkann, sentant ce que sa phrase avait de menaçant, la corrigea en disant avec cette surprenante douceur dont il était capable : « Je te fais marcher, Nicolas. Ne t'inquiète pas. » Puis il voulut savoir si demain, quand le père de Nicolas viendrait rapporter le sac, on pourrait voir ces fameuses prothèses et ces trousses d'instruments chirurgicaux. L'idée mit Nicolas mal à l'aise.

« C'est pas des jouets, tu sais. Il les montre seulement à ses clients...

– Il ne les montrera pas si on lui demande ? insista Hodkann. Et si tu lui demandes, toi ?

– Je ne crois pas, répondit Nicolas d'une petite voix.

– Si tu lui dis qu'en échange personne ne te battra pendant la classe de neige ? »

Nicolas ne dit rien, il avait peur de nouveau.

« Bon, conclut Hodkann, dans ce cas je m'arrangerai autrement. » Un moment passa, puis il dit à la cantonade : « On dort, maintenant ». On entendit remuer son grand corps dans le lit, jusqu'à ce qu'il ait trouvé une position confortable, et chacun comprit qu'il n'était plus question de dire un mot.

6

On n'entendait plus de bruit, mais Nicolas ne savait pas si les autres dormaient. Peut-être, craignant d'attirer la colère de Hodkann, faisaient-ils semblant, et peut-être Hodkann aussi, pour surprendre qui oserait enfreindre sa consigne. Nicolas, lui, ne voulait pas dormir. Il avait peur de faire pipi au lit et de mouiller le pyjama de Hodkann. Ou, pis encore, de transpercer le matelas, faute d'alèse, et de mouiller Hodkann lui-même au-dessous de lui. Le liquide malodorant se mettrait à goutter sur son visage de tigre, il froncerait le nez, s'éveillerait, et alors ce serait terrible. La seule solution, pour éviter cette catastrophe, était de ne pas s'endormir. D'après les aiguilles phosphorescentes de sa montre, il était neuf heures vingt, on se levait à sept heures et demie, cela faisait une longue nuit à tenir. Mais ce n'était pas la première fois, il avait de l'entraînement.

L'année précédente, le père de Nicolas les avait emmenés, son petit frère et lui, dans un parc d'attractions. En raison de la différence d'âge, les deux enfants ne s'intéressaient pas aux mêmes. Nicolas était surtout attiré par la maison hantée, le train fantôme, la grande roue, et son frère par les manèges pour petits. Leur père s'efforçait de proposer des solutions de compromis, et s'énervait lorsqu'ils les refusaient. A un moment, ils étaient passés devant une roue camouflée en chenille qui décrivait un cercle en hauteur, à toute allure. Les passagers, cramponnés aux barres de blocage de leurs petites cabines, se retrouvaient la tête en bas, projetés vers le ciel par la force centrifuge. Cela tournait très vite, de plus en plus vite, on les entendait crier et ils descendaient pâles, les jambes flageolantes, mais ravis de l'expérience. Un garçon de l'âge de Nicolas lança à celui-ci que c'était génial, et son père, qui avait fait le tour avec lui, adressa au père de Nicolas un petit sourire entendu, signifiant qu'en fait de génial c'était plutôt éprouvant. Nicolas voulait essayer, mais son père désigna, au guichet où l'on prenait les places, un écriteau disant que les enfants de moins de douze ans devaient être accompagnés. « Eh bien, accompagne-moi, dit Nicolas. Je t'en supplie, accompagne-moi ! » Son père, qui de toute façon ne semblait pas très chaud pour se faire secouer, la tête en l'air, refusa sous prétexte qu'on ne pouvait ni emmener son petit frère, qui aurait peur, ni le laisser tout seul, sans surveillance. Alors, le père du garçon qui venait de faire un tour proposa gentiment de garder le petit frère pendant les trois minutes que durait l'attraction. En plus âgé, il ressemblait un peu à Patrick, le moniteur : il portait un blouson de jean et non un lourd pardessus de loden comme le père de Nicolas ; son visage était rieur. Nicolas le regarda avec reconnaissance, puis regarda son père avec espoir. Mais son père dit sèchement au père du garçon que ce n'était pas la peine. Quand Nicolas ouvrit la bouche pour essayer de le fléchir, il lui jeta un coup d'œil menaçant et lui mit la main en étau sur la nuque pour le faire avancer. Ils s'éloignèrent de la chenille en silence, Nicolas n'osant protester tant qu'ils étaient encore en vue du garçon et de son père. Il imaginait, dans son dos, leurs regards étonnés : pourquoi ce départ si brusque en réponse à une offre aimable ? Lorsqu'il s'estima assez loin, le père de Nicolas s'arrêta et dit sévèrement que quand il avait dit non, c'était non, et qu'il ne servait à rien de faire du scandale en public.

« Mais pourquoi ? s'indigna Nicolas, au bord du sanglot. Qu'est-ce que ça pouvait te faire ?

– Tu veux que je te dise pourquoi ? demanda son père, les sourcils froncés. Tu veux que je te le dise ? Très bien, tu es assez grand pour qu'on t'explique. Seulement, il ne faut pas que tu en parles, ni à tes copains ni à personne. C'est une chose que j'ai apprise d'un directeur de clinique, les médecins sont tous au courant mais on ne veut pas que ça se sache, pour ne pas affoler les gens. Il n'y a pas longtemps, dans un parc d'attractions comme celui-ci, un petit garçon a disparu. Pendant quelques instants ses parents n'ont pas fait attention, et voilà. Tout s'est passé très vite :

c'est très facile, tu sais, de disparaître. On l'a cherché toute la journée et le soir on a fini par le retrouver, sans connaissance derrière une palissade. On l'a emmené à l'hôpital, on a vu qu'il avait un gros pansement dans le dos, avec du sang qui coulait, et alors les médecins ont compris, ils savaient d'avance ce qu'ils allaient voir à la radio : on avait opéré le petit garçon, on lui avait enlevé un rein. Il y a des gens qui font ça, figure-toi. Des gens méchants. Ça s'appelle du trafic d'organes. Ils ont des camionnettes avec tout le matériel pour opérer, ils rôdent autour des parcs d'attractions, ou près de la sortie des écoles, et ils enlèvent des enfants. Le chef de clinique m'a dit qu'on préférait ne pas l'ébruiter, mais ça arrive de plus en plus souvent. Rien que dans sa clinique, ils ont eu un gamin à qui on a coupé une main et un autre à qui on a arraché les deux yeux. Tu comprends, maintenant, pourquoi je ne voulais pas confier ton petit frère à un inconnu ? »

Après ce récit, Nicolas fit à plusieurs reprises un cauchemar qui se déroulait dans le parc d'attractions. Il ne s'en rappelait pas les péripéties au matin, mais devinait que sa pente l'entraînait vers une horreur sans nom, dont il risquait de ne pas se réveiller. La carcasse métallique de la chenille s'élevait au-dessus des baraquements du parc, et le rêve l'attirait vers elle. L'horreur était tapie par là. Elle l'attendait pour le dévorer. La seconde fois, il comprit qu'il s'en était rapproché et que la troisième lui serait sans doute fatale. On le retrouverait mort dans son lit, personne ne comprendrait ce qui lui était arrivé. Alors il décida de rester éveillé. Il n'y parvint bien sûr pas vraiment, son sommeil agité fut visité d'autres cauchemars, derrière lesquels il redoutait que se cache celui du parc et de la chenille. Il découvrit, cette saison-là, qu'il avait peur de dormir.

7

Dans la famille, pourtant, on disait qu'il tenait de son père, qui dormait mal, mais beaucoup, avec une sorte d'avidité. Lorsqu'il restait plusieurs jours de suite à la maison, au retour d'une tournée, il passait presque tout son temps au lit. En revenant de l'école, Nicolas faisait ses devoirs ou jouait avec son petit frère en prenant soin de ne pas faire de bruit. Ils marchaient sur la pointe des pieds dans le couloir, leur mère portait sans cesse l'index à ses lèvres. Au crépuscule, leur père sortait de sa chambre en pyjama, pas rasé, le visage maussade et bouffi de sommeil, les poches gonflées par les mouchoirs en boule et les emballages crevés de médicaments. Il avait l'air surpris, et désagréablement, de se réveiller là, de marcher entre ces murs trop proches, en poussant la première porte venue de découvrir une chambre d'enfant où deux petits garçons, à quatre pattes sur la moquette, arrêtaient leur lecture ou leur jeu pour le regarder avec inquiétude. Il grimaçait un sourire, marmonnait des bouts de phrases où il était question de fatigue, d'horaires mal fichus, de médicaments qui vous foutaient en l'air. Quelquefois, il s'asseyait sur le bord du lit de Nicolas et restait un moment assis, les yeux dans le vide, passant la main sur sa barbe rêche, dans ses cheveux mal peignés qui gardaient les plis de l'oreiller. Il soupirait. Il posait des questions bizarres, demandant par exemple à Nicolas en quelle classe il était. Nicolas répondait docilement et il hochait la tête, disait que ça devenait sérieux et qu'il fallait bien travailler pour ne pas redoubler. Il semblait avoir oublié que Nicolas avait déjà redoublé une fois, l'année où ils avaient déménagé. Un jour, il demanda à Nicolas d'approcher, de s'asseoir près de lui sur le lit. Il lui entoura la nuque de sa main, serra un peu. C'était pour montrer son affection, mais cela faisait mal et Nicolas tourna doucement le cou pour se dégager. D'une voix basse et sourde, son père dit : « Je t'aime, Nicolas », et Nicolas en fut impressionné, non parce qu'il en doutait mais parce que ça lui paraissait une drôle de façon de le dire. Comme si c'était la dernière fois avant une longue séparation, peut-être définitive, comme si son père avait voulu qu'il se le rappelle toute sa vie. Quelques instants plus tard pourtant, lui-même ne semblait plus se le rappeler. Son regard était confus, ses mains tremblaient. Il s'était levé en soufflant, son pyjama lie-de-vin bâillait, tout froissé, et il était sorti à tâtons, l'air de ne pas savoir quelle porte ouvrir pour se retrouver dans le couloir, regagner sa chambre, se recoucher.

8

Maintenant, et cela avait au moins le mérite de l'empêcher de dormir, Nicolas pensait au projet annoncé par Hodkann de voir de ses yeux les échantillons rangés dans le coffre. Comment s'y prendrait-il ? Il s'arrangerait peut-être pour rester au chalet pendant que les autres descendraient au village pour la leçon de ski. Caché derrière un arbre, il guetterait l'arrivée de la voiture. Le père de Nicolas descendrait, ouvrirait le coffre pour prendre le sac et l'apporter au chalet. Dès qu'il aurait le dos tourné, Hodkann se précipiterait, ouvrirait le coffre à son tour, puis les mallettes de plastique noir contenant les prothèses et les instruments chirurgicaux. C'était sans doute son plan, mais il ne savait pas que le père de Nicolas fermait toujours le coffre à clé après y avoir pris quelque chose, même s'il comptait le rouvrir quelques minutes plus tard. L'audace de Hodkann, cependant, était telle qu'on pouvait l'imaginer suivant dans le chalet le père de Nicolas et lui faisant les poches, dérobant son trousseau de clés pendant qu'il parlait avec la maîtresse. Nicolas voyait Hodkann penché sur le coffre ouvert, forçant les mallettes, éprouvant sur le gras de son pouce le tranchant d'un bistouri, faisant jouer les articulations d'une jambe en plastique, si fasciné qu'il en oubliait le danger. Déjà le père de Nicolas ressortait du chalet, marchait vers la voiture. Dans un instant il allait le surprendre. Sa main s'abattrait sur l'épaule de Hodkann, et ensuite, que se passerait-il ? Nicolas n'en savait rien. Son père, en vérité, n'avait jamais menacé de châtiments terribles quiconque toucherait à ses échantillons. Pourtant, il était certain que même pour Hodkann ce serait une situation très délicate. L'expression « passer un mauvais quart d'heure » lui trottait dans la tête. Oui, s'il se faisait pincer fouillant le coffre du père de Nicolas, Hodkann passerait un mauvais quart d'heure.

L'intérêt de Hodkann pour son père troublait Nicolas. Il se demandait même s'il ne l'avait pas pris sous sa protection pour approcher son père, gagner sa confiance. Il se rappela que Hodkann n'avait plus de père, lui. Et lorsqu'il vivait, ce père, que faisait-il ? Il n'avait pas eu l'idée, ce soir, de poser la question, et de toute manière n'aurait pas osé. Il ne pouvait s'empêcher de penser que le père de Hodkann était mort de mort violente, dans des circonstances louches, tragiques, et que sa vie l'avait logiquement conduit à une telle mort. Il l'imaginait hors-la-loi, dangereux comme son fils, et peut-être Hodkann n'était-il devenu si dangereux que pour affronter cela, les risques qu'il courait à être le fils de ce père. Maintenant, il aurait voulu le demander à Hodkann. La nuit, en tête-à-tête, cela devenait possible.

C'était une pensée voluptueuse, cette conversation nocturne avec Hodkann, et Nicolas passa un long moment à s'en représenter les circonstances possibles. Ils sortiraient tous deux du dortoir, sans réveiller personne. Ils iraient parler à voix basse dans le couloir ou dans les toilettes. Il imaginait leurs chuchotements, la proximité du grand corps chaud de Hodkann, et se plaisait à penser que sous cette puissance tyrannique qu'il déployait il y avait aussi du chagrin, une fragilité que Hodkann lui confesserait. Il l'entendait lui dire comme à son seul ami, à la seule personne en qui il pouvait avoir confiance, qu'il était malheureux, que son père était mort d'une façon terrible, démembré ou jeté dans un puits, que sa mère vivait dans la peur de voir un jour ou l'autre reparaître ses complices, avides de se venger sur elle et sur son fils. Hodkann, si impérieux, si railleur, avouait à Nicolas qu'il avait peur, qu'il était lui aussi un petit garçon perdu. Des larmes coulaient sur ses joues, il posait sa tête si fière sur les genoux de Nicolas et Nicolas caressait ses cheveux, lui disait des choses douces pour le consoler, consoler ce chagrin immense et toujours tu qui éclatait soudain devant lui, pour lui seul, parce que lui seul, Nicolas, en était digne. Hodkann disait, entre deux sanglots, que les ennemis qui avaient tué son père et que redoutait si fort sa mère risquaient de venir au chalet pour l'emmener, lui. Le prendre en otage ou simplement le tuer, abandonner son cadavre dans un sous-bois enneigé. Et Nicolas comprenait que c'était à lui de protéger Hodkann, de trouver une cachette où il serait en sûreté quand ces hommes méchants, qui portaient des manteaux sombres et luisants, encercleraient le chalet, entreraient en silence, chacun par une porte afin que personne ne puisse s'échapper. Ils sortiraient leurs couteaux et frapperaient froidement, méthodiquement, résolus à ce qu'il n'y ait aucun témoin. Les corps à demi nus des enfants surpris dans leur sommeil s'entasseraient au pied des lits superposés. Des flots de sang couleraient sur le plancher. Mais Nicolas et Hodkann seraient cachés dans un creux du mur, derrière un lit. Ce serait un espace étroit, sombre, un vrai trou à rats. Ils s'y serreraient l'un contre l'autre, les yeux brillants dans la pénombre, écarquillés par l'effroi. Ils entendraient ensemble, avec leurs propres souffles, les bruits affreux du carnage, cris d'épouvante, râles d'agonie, chocs sourds des corps qui tombent, vitres brisées dont les éclats entaillent davantage encore les chairs mutilées, petits rires brefs et secs des bourreaux.

La tête tranchée de Lucas, le petit roux à lunettes, roulerait sous le lit jusqu'à leur cachette et s'arrêterait à leurs pieds, les fixant de ses yeux incrédules. Plus tard il n'y aurait plus de bruit. Des heures passeraient. Les assassins seraient partis bredouilles, partagés entre le plaisir du massacre et le dépit d'avoir manqué leur proie. Il n'y aurait que des morts, dans le chalet, des montagnes d'enfants morts. Mais ils ne sortiraient pas. Ils resteraient toute la nuit serrés dans leur réduit, retranchés au cœur du charnier, sentant couler sur leurs joues un liquide chaud qui pouvait être le sang d'une blessure ou les larmes de l'autre. Ils resteraient là, tremblants. La nuit n'aurait pas de fin. Peut-être qu'ils ne sortiraient jamais.

9

Le lendemain, après le petit déjeuner, le père de Nicolas n'était toujours pas arrivé. La maîtresse regardait sa montre : on n'allait tout de même pas se retarder, manquer la leçon de ski pour l'attendre. Sentant peser sur lui son regard pour une fois sans indulgence, Nicolas dit d'une petite voix que le mieux serait peut-être qu'il reste, lui, au chalet. Il espérait que Hodkann proposerait de rester aussi. « On ne va pas te laisser tout seul », objecta la maîtresse. Patrick fit observer qu'il ne risquait pas grand-chose, mais la maîtresse dit que non, c'était une question de principe. En attendant, elle pria Nicolas de l'accompagner en haut : elle voulait téléphoner à sa mère, pour la mettre au courant de la situation et savoir si elle avait eu des nouvelles de son mari. Ils gagnèrent, au premier étage, le petit bureau tapissé de bois où se trouvait le téléphone. De la fenêtre, on avait une jolie vue sur la vallée. Ayant formé le numéro, la maîtresse attendit un moment et demanda d'un air contrarié à Nicolas si sa mère partait de très bonne heure, le matin. Nicolas dit d'un air repentant que non, pas spécialement. En fait, il était content que sa mère ne réponde pas. Cet appel le mettait mal à l'aise. Ils en recevaient très peu, à la maison, et les rares fois où le téléphone sonnait, surtout en l'absence de son père, sa mère s'en approchait avec une angoisse visible. Si Nicolas était là, elle fermait la porte pour qu'il n'entende pas, comme si elle avait craint et voulu lui épargner aussi longtemps que possible une mauvaise nouvelle. La maîtresse soupira puis, au cas où elle se serait trompée, refit le numéro. On répondit aussitôt, et Nicolas se demanda ce qui s'était passé au premier appel. Il imaginait sa mère dans la position où il l'avait surprise plusieurs fois : debout devant l'appareil en train de sonner, le visage crispé, n'osant décrocher. Quand la sonnerie cessait, elle semblait un instant soulagée, mais répondait tout de suite si elle reprenait, saisissant le combiné comme on se jetterait à l'eau pour échapper au feu.

Nicolas scrutait avec une curiosité inquiète le visage de la maîtresse tandis qu'elle se présentait et expliquait le motif de son appel. Tout en parlant, elle croisa son regard et lui fit signe de prendre l'écouteur. Il obéit.

« Non madame, expliquait-elle avec patience, ce n'est pas grave. Mais c'est ennuyeux. Vous comprenez, il n'a pas son sac, pas de vêtements de rechange, pas d'affaires pour le ski, seulement ce qu'il a sur le dos, alors nous ne savons pas très bien quoi faire de lui. »

Elle sourit à Nicolas pour atténuer la dureté de cette remarque, visant surtout à faire réagir sa mère.

« Mais, dit celle-ci, mon mari va certainement l'apporter, son sac.

– C'est ce que j'espère, madame, mais comme il n'arrive pas, ce que je voulais savoir, c'est où on peut le joindre.

– Quand il est en tournée, on ne peut pas le joindre.

– Vraiment, il ne prévoit pas dans quels hôtels il va loger ? Et si vous avez besoin de lui parler d'urgence ?

– Je suis désolée. C'est comme ça, dit sèchement la mère de Nicolas.

– Mais il vous appelle, quelquefois ?

– Quelquefois, oui.

– Alors, s'il vous appelle, vous voudrez bien le prévenir... Le problème, s'il ne vient pas aujourd'hui, c'est qu'il risque de s'éloigner... Vous ne savez pas du tout quel est son itinéraire ?

– Non. Je suis désolée.

– Bien, dit la maîtresse, bien... Vous voulez parler à Nicolas ?

– Je vous remercie. »

La maîtresse tendit le combiné à Nicolas et sortit dans le couloir pour ne pas le gêner. Nicolas et sa mère ne savaient pas quoi se dire. Sur la question du sac, il n'y avait rien à ajouter à la conversation avec la maîtresse : on ne pouvait qu'attendre que son père le rapporte au chalet.

Nicolas ne voulait pas se plaindre, inquiéter davantage sa mère, et elle ne voulait pas poser de questions qui auraient accru une inquiétude à laquelle elle n'avait aucun moyen de remédier. Aussi se borna-t-elle aux conseils de sagesse et d'obéissance qu'elle lui aurait donnés dans des circonstances normales. Nicolas eut l'amère impression que si elle l'avait vu à moitié englouti par les mâchoires d'un crocodile elle aurait continué à répéter amuse-toi bien, sois sage, n'oublie pas de te couvrir chaudement – quant à se couvrir chaudement, elle ne pouvait pas le dire et sans doute se surveillait-elle pour ne pas l'engager à mettre le gros pull représentant des rennes qu'elle lui avait tricoté.

En redescendant avec la maîtresse dans la grande salle où l'on débarrassait les tables du petit déjeuner, Nicolas réfléchissait à ce mystère : il savait que son sac était dans le coffre de la voiture, il l'avait vu calé entre les chaînes et les mallettes aux échantillons ; son père, en ouvrant le coffre, n'avait pas pu ne pas le remarquer, et il avait bien dû l'ouvrir la veille au soir, au plus tard ce matin en visitant ses clients. Alors, pourquoi n'avait-il pas appelé ? Pourquoi n'arrivait-il pas ? Il devait se douter de l'embarras qu'il causait à Nicolas. Est-ce qu'il avait perdu le numéro de téléphone du chalet ? Ou les clés du coffre ? Est-ce qu'on les lui avait volées ? Est-ce qu'on lui avait volé la voiture ? Ou encore, est-ce qu'il avait eu un accident ? Tout à coup, cette hypothèse qu'il n'avait pas envisagée parut à Nicolas la plus plausible. Pour qu'il lui manque ainsi, il fallait que son père ait été hors d'état de venir, hors d'état d'appeler. Peut-être la voiture avait-elle glissé sur une plaque de verglas, embouti un arbre, et son père agonisait, la poitrine défoncée par le volant. Sa dernière pensée consciente, les mots qu'il avait balbutiés avant de mourir, que les sauveteurs n'avaient pas compris, avaient dû être : « Le sac de Nicolas ! Rapportez son sac à Nicolas ! »

Imaginant cela, Nicolas sentait des larmes prêtes à jaillir de ses yeux, et il en éprouvait une grande douceur. Il ne voulait pas que ce soit vrai, bien sûr, mais en même temps aurait aimé tenir vis-à-vis des autres ce rôle de l'orphelin, héros d'une tragédie. On voudrait le consoler, Hodkann voudrait le consoler, et il serait inconsolable. Il se demanda si la maîtresse avait fait le même raisonnement que lui et, tant qu'il restait un espoir, essayait de lui cacher son angoisse. Sans doute pas. Pas encore. Nicolas anticipait le moment où le téléphone sonnerait de nouveau. La maîtresse monterait décrocher, sans s'inquiéter, les enfants joueraient bruyamment dans la salle, chahuteraient. Lui seul serait aux aguets, attendant qu'elle revienne. Et voilà, elle revenait, le visage pâle et contracté. Le chahut continuait mais elle n'ordonnait pas de se taire. Elle semblait ne rien entendre, ne rien remarquer, ne voir plus que Nicolas vers qui elle se dirigeait, qu'elle prenait par la main, emmenait à l'écart, dans le bureau. Elle refermait la porte, les bruits d'en bas cessaient. Elle prenait son visage entre ses mains, doucement, les paumes enserrant ses joues, on voyait que ses lèvres tremblaient et elle balbutiait : « Nicolas... Ecoute, Nicolas, il va falloir que tu sois très courageux... » Alors ils se mettaient à pleurer tous les deux, lui dans ses bras, et c'était doux, incroyablement doux, il aurait voulu que cet instant dure toute sa vie, qu'il n'y ait plus que cela dans sa vie, plus rien d'autre, plus d'autre visage, plus d'autre parfum, plus d'autres mots, seulement son prénom répété doucement, Nicolas, Nicolas, plus rien.

10

La maîtresse et les moniteurs refirent du café, avant de partir, pour discuter des mesures à prendre concernant Nicolas. Il était resté avec eux, à l'écart des autres enfants, définitivement installé, semblait-il, dans le rôle du problème à résoudre.

« Ecoutez, dit Patrick, on ne va pas y passer la semaine. Si ça se trouve, son père a complètement oublié ce sac, il est à deux cents bornes d'ici, alors si on attend qu'il revienne ça va gâcher le séjour du gamin et celui de tout le monde du même coup. Ce que je propose, moi, c'est de prendre dans la caisse de la coopérative de quoi lui monter un trousseau minimum, pour qu'il puisse tout faire comme les autres. Ça te va, bonhomme ? » ajouta-t-il en se tournant vers Nicolas.

Ça lui allait, et la maîtresse aussi approuva.

A l'heure, après le déjeuner, où tout le monde était censé lire ou se reposer, Patrick sortit avec Nicolas. Il faisait doux, le soleil scintillait à travers les branches dénudées. Comme il n'avait pas vu d'autre véhicule sur le terre-plein boueux devant le chalet, Nicolas pensa qu'ils iraient au village en autocar et que cela ferait un drôle d'effet au chauffeur de conduire seulement deux personnes. Mais Patrick dépassa l'autocar, qui avait à l'arrêt l'air d'un dragon inerte, et descendit sur une centaine de mètres la petite route desservant le chalet. Un peu en retrait était garée une 4 L jaune, que Nicolas n'avait pas remarquée à l'aller. Patrick ouvrit la portière du côté du conducteur et dit : « Voilà le carrosse ! » Il s'assit, fit glisser de son cou un long lacet de cuir auquel pendait la clé de contact. Nicolas voulut monter à l'arrière, mais Patrick se pencha pour ouvrir l'autre portière avant.

« Hé, ho ! s'esclaffa-t-il, je suis pas ton chauffeur ! » Nicolas hésita : monter à l'avant d'une voiture lui avait toujours été formellement interdit.

« Alors, tu te grouilles ? » Il obéit. « De toute façon, ajouta Patrick, à l'arrière, c'est le bordel. » Nicolas regarda par-dessus le siège, timidement, comme s'il avait craint qu'un gros chien caché sous la couverture écossaise en lambeaux lui saute à la gorge. Il y avait un sac à dos, de vieux cartons, une mallette contenant des cassettes, une corde roulée, des objets métalliques qui devaient être du matériel d'escalade.

« Tu mets quand même la ceinture », dit Patrick en tournant la clé de contact. Le moteur toussa. Patrick essaya de nouveau, insista : rien. Nicolas craignit qu'il ne se mette en colère, mais il fit seulement une grimace plutôt comique et, se tournant vers Nicolas, expliqua : « Patience. Elle est comme ça. Il faut lui demander les choses gentiment. » Il remit le contact, appuya très doucement sur la pédale d'accélérateur et, en levant l'autre pied, murmura : « Voilà... voilà... Bonne bête ! » Nicolas ne put retenir un gloussement d'excitation quand la voiture démarra et se mit à descendre la petite route en lacets.

« Tu aimes la musique ? » demanda Patrick.

Nicolas ne sut que répondre. Il ne s'était jamais posé la question. Chez lui, on n'en écoutait jamais, il n'y avait même pas d'électrophone, et tout le monde à l'école considérait le cours de musique comme une corvée. Le professeur, M. Ribotton, faisait des dictées musicales, c'est-à-dire qu'il jouait au piano des notes qu'on devait écrire sur les portées d'un cahier spécial. Nicolas n'y arrivait jamais. Il aimait mieux les résumés que dictait M. Ribotton sur la vie des grands musiciens : au moins, c'étaient des mots, des lettres qu'il savait tracer. M. Ribotton était un homme très petit, avec une très grosse tête et, tout en craignant ses violentes colères qui, d'après la légende de l'école, étaient allées jusqu'à jeter un tabouret à la figure d'un élève, on le jugeait un peu ridicule. On sentait que les autres professeurs n'avaient pas pour lui beaucoup de considération, que personne n'en avait. Son fils, Maxime Ribotton, petit et mal bâti comme lui, était dans la même classe que Nicolas. Celui-ci n'avait pas de sympathie pour ce cancre sournois, transpirant, qui rêvait de devenir plus tard inspecteur de police, mais ne pouvait penser à lui sans une compassion douloureuse. Un jour, un garçon assis au premier rang avait étendu ses jambes sur l'estrade et par mégarde sali avec les semelles de ses chaussures le bas du pantalon de M. Ribotton, qui était entré dans une colère épouvantable. Cette colère n'inspirait ni peur ni respect, plutôt une pitié méprisante. Avec une rage amère, plaintive, il disait qu'il en avait marre de venir à l'école pour se faire saloper des pantalons qu'il avait assez de mal à acheter, que tout était cher et qu'il gagnait un salaire de misère, que si les parents de l'élève qui venait de salir son pantalon avaient les moyens de se payer le teinturier tous les jours, tant mieux pour eux mais lui ne les avait pas. Sa voix vibrait en disant cela, on avait l'impression qu'il allait se mettre à pleurer, et Nicolas avait envie de pleurer aussi, à cause de Maxime Ribotton dans la direction de qui il n'osait pas regarder et qui devait supporter le spectacle de son père s'humiliant devant ses camarades, exhalant avec cette impudeur affreuse sa rancœur d'avoir été à ce point bafoué par la vie. Ensuite, à la récréation, il avait été très surpris d'entendre

Maxime Ribotton évoquer l'incident sur un ton de plaisanterie dégagée, assurant qu'il ne fallait pas s'en faire quand son père montait sur ses grands chevaux : il se calmait vite. Il s'était attendu à ce qu'après cette scène Maxime Ribotton quitte la classe sans un mot et ne revienne plus à l'école. On aurait appris ensuite qu'il était tombé malade. Quelques enfants au bon cœur seraient allés lui rendre visite. Nicolas se voyait faisant partie de leur groupe, choisissant parmi ses propres jouets un cadeau qu'il pourrait faire à Maxime Ribotton sans risquer de le blesser. Il imaginait son regard reconnaissant, son visage et son corps amaigris, dévorés par la fièvre, mais les cadeaux et les paroles amicales ne serviraient à rien, un jour on apprenait la mort de Maxime Ribotton, le groupe des enfants au bon cœur allait à l'enterrement et c'était désormais avec le père Ribotton, perdu dans sa douleur, qu'on se promettait d'être gentil et de montrer son bon cœur. On ne le chahutait plus, on ne saluait plus par des rimes imbéciles les noms de grands musiciens qu'il prononçait avec respect, par exemple Schubert-frigidaire, ou Schumann-tombe en panne.

Hormis ces noms, Nicolas ne connaissait rien à la musique, mais plutôt que de l'avouer préféra répondre évasivement que oui, il aimait bien. Il redoutait déjà la question suivante, qui ne manqua pas : « Et quel genre de musique tu aimes ?

– Ben, Schumann... », dit-il au hasard.

Patrick fit avec sa bouche une moue exprimant à la fois respect et ironie, et dit qu'il n'avait pas ce genre de musique-là, mais plutôt des chansons. Il demanda à Nicolas de choisir une cassette : il n'avait qu'à prendre la petite mallette, sur la banquette arrière, et lui lire les titres. Nicolas obéit. Il peinait à déchiffrer les mots anglais, mais Patrick complétait les premières syllabes qu'il ânonnait et, à la troisième cassette, dit que ça irait. Il la glissa dans le lecteur et la musique éclata, au beau milieu d'une chanson. La voix était rauque, railleuse, les guitares cinglaient comme des coups de fouet. Cela donnait une impression de brutalité, mais aussi de souplesse, comme les détentes d'un fauve. A la télévision, ce genre de musique incitait ses parents à baisser le son, mécontents. Si on lui avait demandé son avis, Nicolas en temps normal aurait dit que cela ne lui plaisait pas, mais ce jour-là il fut transporté. Patrick, à côté de lui, tapotait le volant pour marquer le rythme, bougeait en cadence, de temps en temps fredonnait une phrase avec le chanteur. Il poussa en même temps que lui un petit gémissement aigu. La voiture roulait en parfaite harmonie avec la musique, accélérait quand elle accélérait, quand elle ralentissait prenait de larges virages, tout vibrait à l'unisson, les pneus mordant sur la chaussée, les courbes de la route, les changements de vitesse et surtout le corps de Patrick qui, tout en conduisant, ondulait souplement, le sourire aux lèvres, les yeux plissés par les rayons du soleil illuminant le pare-brise. Jamais Nicolas n'avait rien entendu d'aussi beau que cette chanson, tout son corps y participait, il aurait voulu que sa vie entière soit ainsi, voyager toujours à l'avant des voitures en écoutant ce genre de musique, et plus tard ressembler à Patrick : aussi bon conducteur, aussi à l'aise, aussi souverainement libre de ses mouvements.

11

« Bon, dit Patrick en poussant la porte du supermarché, il faut être sérieux maintenant. De quoi est-ce qu'on a besoin ? »

Alors seulement, après la griserie du trajet en voiture, Nicolas se rappela ce qu'ils venaient faire ici, que son sac était resté dans le coffre de son père et que sans doute son père était mort.

« Est-ce que tu te rappelles ce qu'il y avait dans ton sac ? demanda Patrick.

– Ben, des habits de rechange », dit Nicolas, que la question déroutait : Patrick le savait forcément, ce qu'il y avait, puisqu'on avait demandé à tous d'apporter les mêmes choses, dont on avait fourni la liste aux parents. Chacun, il est vrai, avait droit en outre à un ou deux objets de son choix, un livre ou un jeu de société, et en ce qui concernait Nicolas il y avait aussi l'alèse recommandée par la maîtresse en cas de pipi au lit. Il n'eut pas le courage d'en parler à Patrick.

« En plus, dit-il après réflexion, j'avais mon coffre-fort.

– Ton coffre-fort ? demanda Patrick, étonné.

– Oui, un petit coffre-fort qu'on m'a donné pour y mettre des secrets. Il y a une formule pour l'ouvrir et je suis le seul à la connaître.

– Et si tu l'oublies, qu'est-ce qui se passe ?

– Je ne pourrai plus l'ouvrir. Personne ne pourra plus l'ouvrir. Mais je la connais par cœur.

– Oui, et si tu reçois un bon coup sur la tête et que tu perds la mémoire ? Tu l'as écrite quelque part, au moins ?

– Non. Il ne faut pas. De toute façon, si je perds la mémoire, je ne saurai pas non plus où je l'ai écrite.

– Exact, reconnut Patrick. Tu es un malin, toi. »

Nicolas hésita, n'osant dire à Patrick qu'en fait, il y avait un problème avec ce coffre-fort. Son père le lui avait offert accompagné d'une enveloppe fermée contenant la feuille sur laquelle était imprimée la formule. Il lui avait conseillé de la détruire après l'avoir apprise, et Nicolas avait obéi. Mais l'idée lui était bientôt venue qu'avant de lui donner l'enveloppe son père l'avait ouverte, puis habilement recachetée, et donc avait accès au coffre. Peut-être y jetait-il un coup d'œil, de temps à autre, pour savoir ce que Nicolas lui cachait. Peut-être ne le lui avait-il offert que pour cela. Sans en être certain, Nicolas se méfiait et ne rangeait dans le coffre rien de plus secret que les bons des stations-service. S'il l'avait ouvert, son père avait dû être déçu. Mais plus probablement il était mort. Nicolas résista, comme ce n'était pas sûr, à la tentation de le dire à Patrick et, s'efforçant de prendre un ton détaché, proposa pour attendre : « Je peux te la dire, si tu veux, la formule. »

Patrick secoua la tête : « Non. Tu ne me connais pas. Si ça se trouve, dès que tu me l'aurais dite, je t'assommerais et j'irais te piquer tes secrets.

– Ils sont dans la voiture de mon père, de toute façon.

– Je ne veux pas le savoir. Ça ne me regarde pas. Ni la formule, ni ce qu'il y a dans ton coffre. »

Il sourit et, faisant mine de braquer un pistolet sur Nicolas : « Qu'est-ce qu'il y a dans ton coffre ?

– Rien d'intéressant », répondit Nicolas d'un ton renfrogné.

Au rayon des habits pour enfants, Patrick décrocha une chemise de lainage épais et un pantalon de ski imperméable que Nicolas essaya dans une cabine tandis qu'il complétait son trousseau : deux slips, deux tee-shirts, deux paires de grosses chaussettes, une cagoule et une brosse à dents. Le pantalon était à sa taille, mais un peu trop long. Patrick le roula prestement, disant que ça irait, que sa mère ferait l'ourlet plus tard si elle voulait. Nicolas trouvait très agréable cette façon de faire des courses, sans rester des heures à hésiter entre deux modèles, deux couleurs, deux tailles, le front plissé par le souci qu'impliquait toute décision pour ses parents. Il aurait encore voulu un survêtement vert et mauve comme Patrick, mais bien sûr n'osa le réclamer.

En payant, Patrick échangea quelques phrases avec la caissière. C'était une fille jeune, rieuse, et on voyait tout de suite qu'elle le trouvait beau garçon, qu'elle aimait bien sa queue de cheval, son visage allongé aux yeux très bleus, sa façon détendue de bouger et de plaisanter. « C'est à vous, ce jeune homme ? », lui demanda-t-elle en désignant Nicolas. Patrick répondit que non, mais que si personne ne le réclamait d'ici un an et un jour il voulait bien le garder. « On s'entend pas trop mal, tous les deux », ajouta-t-il, et Nicolas se répéta la phrase avec fierté. Il avait envie de dire aux autres, d'un air négligent, qu'il ne s'entendait pas trop mal avec Patrick. Il regarda, autour de son poignet, le bracelet brésilien qu'il lui avait donné et se promit, plus tard, quand l'autorité de ses parents ne pèserait plus sur lui, de se laisser pousser une queue de cheval.

Patrick, en voiture, remit la musique et, tout en conduisant et oscillant à son rythme, prononça une autre phrase mémorable : « Alors, tu trouves pas qu'on est les rois du pétrole ? » Nicolas mit quelques instants à comprendre ce que cela voulait dire : que tout allait bien pour eux, qu'ils ne s'embêtaient pas, que vraiment il n'y avait pas à s'en faire, et lorsqu'il eut compris ressentit une joyeuse exaltation, comme s'il s'agissait entre eux d'un mot de passe à usage strictement personnel. Il craignait, en parlant, que sa voix haut perchée déraille et trahisse sa petitesse, mais surmonta cette peur et parvint à répondre, comme s'il n'y attachait guère d'importance : « C'est vrai. C'est vrai qu'on est les rois du pétrole. »

12

Après le goûter, on jouait : à mimer des corps de métier, à cache-tampon, au théâtre. Mais ce jour-là Patrick dit qu'on allait faire autre chose. « Quoi ? demanda-t-on.

– Vous allez voir. »

Sur son ordre, une équipe poussa contre les murs les tables, les bancs et tout ce qui encombrait la salle. Il éteignit les lumières, mais les laissa allumées dans le hall, de sorte qu'on y voyait quand même. Ces préparatifs mystérieux excitaient les enfants. En déplaçant les meubles, ils poussaient des petits rires étouffés, formaient des hypothèses : on allait jouer aux fantômes, ou faire tourner les tables. Patrick frappa dans ses mains et réclama le calme. « Maintenant, dit-il, vous allez vous allonger par terre. Sur le dos. » Le temps que tout le monde le fasse, il y eut encore un peu de désordre et de rires. Patrick, resté seul debout, attendit patiemment que chacun ait trouvé sa place. D'une voix calme, sans hâte, il donna quelques indications pour se mettre dans la position la plus confortable : d'abord s'étirer, tâcher de ne pas se cambrer, de garder tout le dos en contact avec le sol ; orienter les paumes vers le plafond ; fermer les yeux. « Fermer les yeux... » répéta-t-il d'un ton presque rêveur, comme si lui-même les fermait, s'apprêtait à s'endormir, et il se tut. Suivit un moment de silence, que rompit une voix impatiente : « Qu'est-ce qu'on fait, maintenant ?

– Tu comprends pas ? répondit une autre : il nous hypnotise ! »

Quelques rires saluèrent cette repartie, que Patrick ne releva pas. Un peu plus tard, il reprit, comme s'il avait seulement entendu la première question : « On ne fait rien... On est tout le temps en train de faire quelque chose, de penser à quelque chose. Là, on ne fait rien. On essaie de ne penser à rien. On est là, c'est tout. On se détend. On se fréquente... » Sa voix était de plus en plus calme et songeuse. Il marchait lentement dans la pièce, entre les corps allongés des enfants. Nicolas le sentit, plus qu'il ne l'entendit, qui passait près de lui. Il entrouvrit les yeux, les referma aussitôt, craignant d'être pris en faute.

« Respirez lentement, dit Patrick. Avec le ventre. Gonflez et dégonflez votre ventre comme un ballon, mais doucement, profondément... » Plusieurs fois de suite il répéta : « Inspirez, expirez... », et Nicolas sentit qu'autour de lui les autres le suivaient, entraient dans son rythme. Il pensa qu'il n'y arriverait jamais. Quand on soufflait dans le ballon, à la visite médicale, c'était toujours lui qui avait la capacité thoracique la plus faible, et il sentait comme un étau dans sa poitrine, empêchant l'air de circuler. Il inspirait et expirait plus vite que les autres, de façon hachée, happant l'air, comme quelqu'un qui se noie. Mais Patrick continuait, d'une voix qui étrangement était à la fois de plus en plus lointaine et de plus en plus présente. « Inspire... expire », disait-il à présent et, sans avoir compris comment, Nicolas se retrouva tout à coup pris dans la respiration commune, faisant partie de cette vague qui gonflait puis refluait autour de lui, l'enveloppait. Il entendait les souffles des autres, et le sien qui s'y fondait. Son ventre se levait et s'abaissait doucement, obéissant à la voix de Patrick. Il s'y creusait des cavités que ses inspirations remplissaient comme la marée remplit les creux d'un rocher.

« C'est bien, dit Patrick au bout d'un moment. Maintenant vous allez penser à votre langue. » Quelque part dans la salle, il y eut un petit rire, sans écho. Nicolas pensa fugitivement que si tout le monde avait ri, il l'aurait fait aussi, et trouvé ridicule de penser à sa langue, mais il suivait le mouvement, il pensait à sa langue, en contact avec le palais, comme Patrick disait qu'elle devait être, il en éprouvait le poids, la consistance, la texture : lisse et humide à certains endroits, râpeuse à d'autres. C'était une sensation de plus en plus étrange. La langue devenait énorme dans sa bouche, une énorme éponge par laquelle il craignit d'être étouffé, mais au moment exact où lui venait cette crainte, Patrick la dissipa en disant : « Si votre langue devient trop grosse et vous gêne, vous n'avez qu'à avaler la salive. » Nicolas déglutit et sa langue retrouva des proportions normales. Cependant, il la sentait toujours, bizarrement présente, comme s'il venait de faire connaissance avec elle. Patrick leur dit ensuite de penser à leur nez, de suivre le trajet de l'air dans les narines. Puis de placer leur attention derrière leurs paupières, entre leurs sourcils, dans leur nuque. De là, il passa aux bras, commençant par les doigts qu'il leur fit décrisper un à un, remontant vers le coude, puis l'épaule. « Vos bras sont lourds, disait-il, très lourds. Tellement lourds qu'ils s'enfoncent dans le sol. Même si vous vouliez, vous ne pourriez pas les soulever... », et Nicolas sentit qu'en effet, il ne pourrait pas. Il était répandu sur le carrelage, comme une flaque, surplombant en esprit son corps inerte et pourtant l'habitant comme une maison aux fondations profondes, explorant les couloirs qui parcouraient ses membres, poussant les portes de pièces obscures et chaudes, chaudes surtout. La sensation de chaleur à présent dominait, et il ne fut pas étonné d'entendre Patrick la décrire, conseiller de l'accueillir, de la goûter, de se laisser envahir par cette chaleur intense mais douce qui coulait dans les veines et jouait à la surface de la peau, provoquant de légers picotements, des envies de se gratter auxquelles il valait mieux ne pas céder : « Mais si vous avez très envie, ajouta-t-il, ce n'est pas grave : allez-y. » Comment savait-il cela ? D'où venait qu'il puisse décrire ces choses extraordinaires que Nicolas ressentait, à l'instant exact où il les ressentait ? Était-ce pareil pour les autres ? On n'entendait plus de rires, plus que les souffles calmes, obéissant à la voix de Patrick. Tous visitaient, comme Nicolas, ce territoire mystérieux qui s'étendait à l'intérieur d'eux-mêmes, tous écoutaient le guide avec la même confiance. Tant que Patrick parlait, leur disait où aller – maintenant, c'étaient les jambes, orteils l'un après l'autre, mollets, genoux et cuisses –, rien ne pourrait arriver. Ils étaient en sécurité au fond de leur corps. Cela durait. Depuis combien de temps cela durait-il ?

Soudain, Nicolas sentit que Patrick se penchait sur lui. Un genou craqua légèrement. Il s'était accroupi, et ses mains se posèrent sur le haut de sa poitrine, juste en dessous des épaules, bien à plat. Elles restèrent immobiles. Le cœur de Nicolas s'était mis à battre à tout rompre, sa respiration un moment apaisée s'affolait. Il n'osait pas ouvrir les yeux, croiser ceux de Patrick au-dessus de lui. Très doucement, Patrick dit « chhhh... », comme on calme un animal inquiet, et ses paumes pesèrent un peu plus sur la poitrine de Nicolas, le bout des doigts tendu vers les épaules de façon à les rapprocher du sol, à l'y enfoncer encore davantage. Nicolas avait l'impression de haleter, de courir en tous sens à l'intérieur de lui-même, en se cognant aux cloisons, et en même temps savait que rien de tout cela ne se voyait du dehors. Son corps restait immobile, crispé malgré les efforts de Patrick, dont il devina qu'ils visaient à le détendre davantage. Il l'entendait respirer au-dessus de lui, très calmement. Il pensa au mannequin écorché des stations Shell, à son thorax-couvercle qu'on pouvait retirer pour examiner l'intérieur. Patrick pesait sur ce couvercle, il voulait repérer, apprivoiser ce qu'il y avait dessous, mais cela faisait un beau désordre, on aurait dit que tous les organes de

Nicolas, affolés, se réfugiaient le plus loin possible de la paroi que palpaient ces mains fermes et chaudes, et pourtant Nicolas aurait aimé qu'elles restent. Il eut peine à retenir un gémissement lorsqu'elles relâchèrent leur pression, puis lentement rompirent le contact. Le souffle de Patrick s'éloigna, son genou craqua encore lorsqu'il se releva. Nicolas entrouvrit les yeux, tourna un peu la tête pour le voir se pencher sur un autre enfant, recommencer. Il referma les yeux, son corps fut tout à coup parcouru d'un frisson. Est-ce que son père avait sorti les bons du coffre-fort ? Est-ce qu'il avait déjà l'écorché, au moment de l'accident ? Pour tâcher de se calmer, il imagina de nouveau comment ça se passerait, le téléphone qui peut-être allait sonner maintenant, à l'instant où Patrick appuyait en silence sur la poitrine d'un autre, le déroulement de la soirée arrachée à ses rails par la terrible nouvelle, puis la nuit, le lendemain, et sa vie d'orphelin. En même temps, il pensait que c'était mal, de se laisser aller à de telles rêveries, que cela pouvait porter malheur. Que dirait-il si le téléphone sonnait pour de bon, si ce qu'il avait imaginé pour se rendre triste et se consoler se réalisait ? Ce serait atroce. Il serait non seulement orphelin, mais coupable, terriblement coupable. Ce serait comme d'avoir tué son père. Un jour, pour illustrer ses habituels conseils de prudence, celui-ci lui avait raconté l'histoire d'un de ses anciens camarades de classe qui avait menacé son petit frère avec un fusil, pour jouer bien sûr, sans se douter que le fusil était chargé. Il avait appuyé sur la détente et le petit frère reçut la balle dans le cœur. Qu'est-ce qui s'était passé ensuite ? se demandait Nicolas. Qu'est-ce qu'on lui avait fait, à cet enfant assassin ? On ne pouvait pas le punir, ce n'était pas sa faute, et il était assez puni déjà. Alors le consoler ? Mais comment consoler un enfant qui a fait cela ? Que lui dire ? Est-ce qu'on peut, est-ce que ses parents peuvent le prendre dans leurs bras en lui disant doucement que c'est fini, oublié, que maintenant tout ira bien ? Non. Alors quoi ? Essayer de lui mentir pour que sa vie ne soit pas gâchée, inventer une version moins affreuse de l'accident et petit à petit le convaincre de sa vérité ? Le fusil est parti tout seul, ce n'était pas lui qui le tenait, il n'y est pour rien... « Très lentement, dit Patrick, vous allez vous remettre à bouger... Les pieds d'abord. Faites des petits cercles avec les chevilles... Voilà... Sans vous presser.

Maintenant, vous pouvez ouvrir les yeux. »

13

Cette nuit-là, Nicolas monta sur la chenille.

L'adulte qui l'accompagnait n'était pas son père, mais Patrick. Ils avaient confié son petit frère au père du garçon rencontré dans le parc d'attractions. Il portait son anorak vert, avec la capuche sur la tête bien qu'il ne plût pas, et ses petites bottes rouges en caoutchouc. De la main, il leur faisait au revoir. Le père du garçon le tenait par l'autre main, souriant toujours. On ne distinguait pas bien son visage. Patrick s'étant assis au fond de la cabine, Nicolas vint se caler entre ses longues jambes dont les genoux touchaient les parois métalliques. L'employé qui faisait marcher le manège descendit sur eux la barre de blocage et la verrouilla. La chenille se mit en mouvement.

Doucement, elle passa devant le petit frère qui continuait à agiter la main, puis s'arracha au sol, s'éleva. Ils furent dans le ciel. La chenille s'immobilisa. Brusquement, elle se lança dans la descente. Nicolas se sentit aspiré dans un gouffre, et ce gouffre était aussi à l'intérieur de lui-même. Son estomac se décrocha, il eut peur, voulut rire. Ça allait vite maintenant. La chenille repassa au ras du sol, avec un chuintement de train lancé à toute allure, remonta aussitôt. Cette fois il eut à peine le temps de voir la cabane, son petit frère, les gens à terre, ils furent à nouveau, mais plus vite, plus fort, projetés vers le ciel, à nouveau arrêtés à cet instant, cet endroit terribles où d'un coup on basculait de l'autre côté. Nicolas repoussait de ses pieds le sol qui se précipitait à leur rencontre, crispait les doigts sur la barre de blocage, et Patrick les crispait aussi, ses deux grandes mains bronzées encadrant les petits poignets. Les manches relevées de son sweat-shirt laissaient voir, sur les avant-bras, des veines saillantes qui se tendaient comme des câbles. Contre son dos, Nicolas sentait le ventre dur de Patrick qui, au même rythme que le sien, se contractait d'appréhension au seuil du vide. Il se contractait encore plus, essayant de lutter, à l'instant où on basculait pour de bon, puis se détendait un peu en bas, mais déjà s'amorçait la remontée, déjà on atteignait la crête, et l'horreur merveilleuse de la descente recommençait. Les cuisses raidies de Patrick enserrant les siennes, Nicolas gardait les yeux fermés. Mais tout à coup, juste avant d'arriver en haut, il les ouvrit et vit, loin au-dessous d'eux, tout le parc d'attractions. Petites silhouettes, fourmis humaines trottinant sur le sol, à des années-lumière. L'instant que cela dura, son regard isola une de ces silhouettes, deux : un homme qui s'éloignait en tenant par la main un petit enfant. Déjà la chenille plongeait, on ne voyait plus rien mais il avait compris ce qui se passait. Au tour suivant, il écarquilla les yeux, glacé d'horreur, et l'homme qui emmenait son petit frère était déjà plus loin. En replongeant, la chenille allait le dérober à sa vue et, à la prochaine montée, il ne les reverrait plus, il en était certain. Ils auraient disparu. C'était la dernière fois qu'il voyait, qu'il avait vu son petit frère, du moins son petit frère intact, avec ses yeux, avec tous ses membres, tous les organes que contenait son corps. Ce qui venait de filer sous son regard impuissant, c'étaient les dernières images qu'il aurait de lui, petite silhouette pataude en anorak et bottes de caoutchouc rouge, donnant la main à un homme en veste de jean, et il ne servait à rien de crier. Même Patrick, contre le corps de qui son corps était collé, ne l'entendrait pas, et même s'il l'entendait, même s'il avait vu la même chose, ça ne servirait à rien non plus. Le tour de chenille durait trois minutes, il n'y avait pas de signal d'alarme, on ne pouvait pas descendre en route. Pendant encore deux minutes, une minute et demie, ils allaient continuer à tourner tandis que son petit frère disparaissait derrière la palissade, que l'homme en veste de jean l'entraînait vers la camionnette où attendaient ses complices en blouse blanche, et quand ce serait fini, quand ils seraient descendus, les jambes flageolantes, il serait trop tard. Etait-il seul à avoir vu ? Ou Patrick aussi ? Non, il n'avait rien vu, mieux valait qu'il n'ait rien vu. A l'arrivée, il soulèverait Nicolas d'entre ses jambes, sortirait de la cabine en s'ébrouant, sourirait, répéterait qu'ils étaient les rois du pétrole. Pour quelques secondes encore il ignorerait ce qui s'était passé, pourrait sourire. Nicolas l'enviait, il aurait donné sa vie pour n'avoir pas ouvert les yeux, pas regardé en bas, pas vu ce qu'il avait vu, pour partager l'heureuse ignorance de Patrick, vivre une minute encore, avec lui, dans un monde où son petit frère n'avait pas disparu. Il aurait donné sa vie pour que cette minute dure éternellement, pour que la chenille ne s'arrête plus. Ce qui venait de se passer, ce qui était en train de se passer en bas n'existerait pas. Ils ne l'apprendraient jamais. Il n'y aurait plus que cela dans la vie, la chenille qui tournait de plus en plus vite, la force centrifuge qui les projetait dans le ciel, très loin, les collait l'un contre l'autre, très fort, et ce trou qui se creusait dans son ventre, l'aspirait de l'intérieur, se comblait un instant, se creusait à nouveau, fouillait de plus en plus loin, et le ventre de Patrick contre son dos, ses cuisses autour des siennes, son souffle dans son cou, et le vacarme, et le creux, et le ciel.

14

L'humidité le réveilla, et aussitôt la certitude d'une catastrophe. Le drap était trempé, ainsi que son pantalon et sa veste de pyjama. Il faillit, se croyant chez lui, appeler en pleurant, mais étouffa son cri à temps. Tout le monde dormait. Dehors, le vent chuintait dans les sapins. Couché sur le ventre, Nicolas n'osait bouger. D'abord, il espéra que d'ici la fin de la nuit les draps et le pyjama sécheraient, réchauffés par son corps. Personne, le lendemain, ne remarquerait rien, à moins de grimper pour regarder, renifler le drap. Mais il ne sentait pas l'odeur caractéristique du pipi. C'était une odeur plus fade, à peine perceptible. La consistance de la flaque était différente, elle aussi, comme une colle humide entre son corps et le drap.

Inquiet, il glissa doucement une main sous lui et sentit quelque chose de visqueux. Il se demanda si son ventre ne s'était pas ouvert, laissant s'écouler ce liquide gluant. Du sang ? Il faisait trop sombre pour le vérifier, mais il imaginait une énorme tache rouge s'étendant sur le lit, sur le pyjama bleu de Hodkann. Au moindre mouvement, ses viscères se répandraient. Une plaie lui aurait fait mal, pourtant, et il n'avait mal nulle part. Il avait peur. Il n'osait ramener la main vers son visage, approcher de sa bouche, de ses narines, de ses yeux, cette substance gluante, cette sécrétion de méduse qui était sortie de lui. Il sentait, dans l'obscurité, son visage se crisper, ses yeux s'écarquiller d'effroi à l'idée qu'il lui arrivait quelque chose d'affreux qui n'était jamais arrivé qu'à lui, quelque chose de surnaturel.

Dans le livre où se trouvait *La patte de singe*, il avait lu une autre « histoire épouvantable », celle d'un jeune homme qui, ayant absorbé un élixir bizarre, voit peu à peu son corps se décomposer, se liquéfier, se transformer en un magma noirâtre et visqueux. Ce n'est d'ailleurs pas lui qui, dans l'histoire, le voit, mais sa mère qui s'étonne de ce qu'il ne veut plus quitter sa chambre, n'y laisse entrer personne, s'exprime d'une voix de plus en plus basse, grumeleuse, bientôt une sorte de clapot incompréhensible. Puis il renonce à parler, communique au moyen de billets glissés sous la porte, billets dont l'écriture se dégrade elle aussi, les derniers ne sont plus qu'un gribouillis affolé sur un papier couvert de taches noires et huileuses. Et quand, au comble de la terreur, elle fait forcer la porte, il ne reste plus sur le parquet qu'une flaque immonde, à la surface de laquelle surnagent deux cloques qui ont été des yeux.

Nicolas avait lu cette histoire avec avidité, mais sans véritable terreur, comme si ce qu'elle racontait ne le menaçait pas, et voici qu'il lui arrivait quelque chose de semblable, voici que de son corps s'écoulait ce pus qui l'engluait. C'était pire qu'une plaie, cela suintait de lui. Bientôt cela serait lui.

Qu'est-ce que les autres verraient, dans son lit, au matin ?

Il avait peur, peur d'eux, peur de lui-même. Il pensa qu'il fallait s'enfuir, se cacher, se liquéfier seul, loin de tous. C'était fini pour lui. Plus personne ne le reverrait.

Avec précaution, craignant un bruit de succion qui lui fut épargné, il parvint à soulever son ventre. Repoussant draps et couvertures, il rampa vers l'échelle, glissa au pied du lit. Hodkann avait les yeux fermés. Sur la pointe des pieds, il traversa le dortoir sans réveiller personne. Dans le couloir, une petite lumière orange indiquait le bouton de la minuterie, mais il ne l'alluma pas. Tout au fond, la fenêtre sans volets ni rideaux qui donnait sur le bois dessinait une tache laiteuse, suffisante pour se repérer. Il descendit l'escalier. Ses pieds nus se contractaient sur le carrelage. Au premier étage, toutes les portes étaient fermées, sauf celle du petit bureau d'où, le matin, la maîtresse avait appelé sa mère. Il entra, avisa le téléphone et pensa qu'il pouvait s'en servir, s'il voulait. Parler très bas, au cœur de la nuit, sans que personne le sache, mais à qui ? C'était dans ce bureau aussi que la maîtresse et les moniteurs gardaient les papiers, les cahiers concernant la classe. Il aurait pu les regarder, dans l'espoir de trouver quelque chose à son sujet. Les rares fois où on le laissait seul à la maison, il en profitait pour fouiller les affaires de ses parents, la coiffeuse de sa mère, les tiroirs du bureau de son père, sans savoir au juste ce qu'il cherchait, quel secret, mais avec l'obscure certitude que le trouver était pour lui une affaire de vie ou de mort et qu'il ne fallait pas, s'il trouvait, que ses parents le sachent. Il veillait à tout remettre exactement en place, pour ne pas éveiller leurs soupçons. Il craignait d'être surpris, qu'ils rentrent sans faire grincer la porte et que la main de son père s'abatte soudain sur son épaule. Il avait peur, son cœur battait d'excitation.

Il ne s'attarda pas dans le bureau, descendit au rez-de-chaussée. Le pyjama collait à son ventre, à ses cuisses. La pénombre du hall abritait une classe fantôme, moon-boots alignées le long du mur, rangée d'anoraks suspendus aux patères. La porte d'entrée était fermée, bien sûr, mais seulement au verrou, qu'il lui suffit de tourner. Il tira le lourd battant vers lui, sans bruit, et vit que dehors tout était blanc.

15

La neige recouvrait tout. Il en tombait encore, des flocons que le vent faisait doucement tournoyer. C'était la première fois que Nicolas en voyait autant et, du fond de sa détresse, il ressentit de l'émerveillement. L'air glacé de la nuit saisit sa poitrine à demi nue, contrastant avec la chaleur de la maison endormie derrière lui comme un gros animal repu, au souffle tiède et régulier. Il resta un moment sur le seuil, immobile, puis avança une main sur laquelle se posa légèrement un flocon, et sortit.

Enfonçant ses pieds nus dans la neige que personne n'avait encore foulée, il traversa le terre-plein. L'autocar aussi avait l'air d'un animal endormi, le petit du chalet, serré contre son flanc, dormant les yeux ouverts de ses gros phares éteints. Nicolas le dépassa, longea le chemin jusqu'à la route, couverte de neige aussi. Il se retourna plusieurs fois pour voir les traces de ses pas, profondes et surtout solitaires, spectaculairement solitaires : il était seul dehors cette nuit, seul à marcher dans la neige, pieds nus, en pyjama mouillé, et personne ne le savait, et personne ne le reverrait. Dans quelques minutes, ses traces seraient effacées.

Passé le premier lacet, là où se trouvait la voiture de Patrick, il s'arrêta. Très loin, entre les branches des sapins, il aperçut une lumière jaune qui se déplaçait en contrebas, puis disparut : sans doute les phares d'une voiture roulant sur la grande route, dans la vallée. Qui voyageait si tard ? Qui, sans le savoir, partageait avec lui le silence et la solitude de cette nuit ?

En sortant, Nicolas pensait marcher droit devant lui jusqu'à ce que ses forces le trahissent et qu'il tombe, mais il avait si froid que, presque inconsciemment, il s'approcha de la voiture de Patrick comme d'un refuge. Il fallut pour l'atteindre qu'il s'enfonce dans la neige jusqu'aux genoux. La portière n'était pas fermée. Il se hissa sur le siège du conducteur, recroquevilla ses jambes sous lui, essayant de se rouler en boule derrière le volant. Le siège, à son contact, était déjà trempé, glacial. Il glissa une main entre peau et ceinture, mais le liquide visqueux avait séché comme une croûte : ce qui dégoulinait, c'était seulement de la neige. Grelottant, il garda la main au creux de son ventre, entre le nombril et ce qu'il n'aimait pas nommer parce qu'aucun de ses noms ne lui semblait le vrai, ni zizi qu'employaient quelquefois ses parents, ni verge ni pénis qu'il avait lus dans le dictionnaire médical, ni bite qu'il avait entendu à l'école. Un jour, dans un coin de la cour de récréation, un copain avait sorti le sien et montré, pour faire rire, qu'il lui obéissait. Il se dressait quand il l'appelait en disant : « Viens, Toto, monte, Toto ! » Le copain l'attrapait entre deux doigts et, le tendant comme un arc, le faisait rebondir contre son ventre. Cela devait avoir un nom, pourtant, un vrai nom, qu'il connaîtrait plus tard.

Nicolas se rappela l'histoire de la petite sirène, qui avait été avec *Pinocchio* un des deux livres préférés de son enfance. Il y avait un moment qui lui faisait un effet étrange, quand la petite sirène, amoureuse du prince qu'elle a entrevu dans la tempête, rêve de devenir humaine afin de s'en faire aimer, et pour cela recourt au sortilège de la sorcière. La sorcière lui donne un breuvage qui lui fera pousser des jambes à la place de sa queue de poisson et en échange lui prend sa voix. Il faudra qu'elle se fasse aimer muette, et si elle échoue, si au bout de trois jours le prince ne lui a pas déclaré son amour, elle mourra. Le moment préféré de Nicolas, c'était la nuit qu'elle passait seule sur la plage, après avoir bu le breuvage. Elle s'était allongée dans le sable, sa queue de poisson recouverte de feuilles, et elle attendait au bord de la mer, sous les étoiles brillantes et lointaines, que s'opère la métamorphose. Dans le livre de Nicolas figurait un dessin la montrant à ce moment, avec de longs cheveux blonds dissimulant ses seins, et les écailles qui commençaient juste au-dessous du nombril. Le dessin n'était pas très beau, mais on devinait l'incroyable douceur de son ventre, au-dessus de la queue de poisson. Pendant la nuit, la petite sirène avait mal, elle n'osait pas regarder sous les feuilles, là où ce qui était encore elle combattait ce qui serait bientôt elle. Elle avait mal, très mal, elle gémissait doucement, redoutant d'attirer les pêcheurs qui, plus loin sur la plage, bavardaient devant leur feu en réparant des filets. Très bas, pour elle seule, elle essayait de chanter, afin d'entendre une dernière fois sa propre voix. Venait l'aube, et elle sentait bien que le combat avait pris fin, le sortilège accompli son œuvre. Elle sentait que sous les feuilles il y avait autre chose, que ce qui avait été elle était devenu autre chose. Elle avait peur, son âme était atrocement triste, déjà sa voix s'était éteinte au fond de sa gorge. A tâtons, elle glissait les mains le long de son corps et là, sous le nombril, où depuis sa naissance commençaient les écailles, la peau, la si douce peau continuait. Rien ne bouleversait tant Nicolas que ce moment, très bref dans le livre mais qu'il pouvait passer des heures entières à imaginer, où les mains de la petite sirène découvraient ses jambes. Couché en chien de fusil, les couvertures remontées haut, il jouait avant de s'endormir à être la petite sirène et de ses propres mains parcourait ses cuisses, la peau douce de l'intérieur des cuisses, si douce que l'illusion était possible, qu'il pouvait croire toucher celles de la petite sirène, les mollets, les chevilles, les si fines et gracieuses chevilles de la petite sirène, et de nouveau, comme aimantés, ils remontaient, la petite sirène et lui, à l'intérieur des cuisses où les mains avaient chaud, et c'était si doux, si triste, cette sensation, qu'il aurait voulu qu'elle dure toujours et qu'il se mettait à pleurer.

A présent, il n'arrivait pas à pleurer, il avait trop froid, mais c'était encore plus comme dans l'histoire. Il n'était pas couché dans son lit, mais seul dehors, sous les étoiles brillantes et froides, entouré de neige brillante et froide, et tellement loin de tous, tellement loin de toute aide, comme la petite sirène qui comprenait à l'aube qu'elle ne faisait plus partie du monde des habitants de la mer et ne ferait pas partie de celui des hommes, jamais. Elle était seule, si totalement seule, sans autre secours que sa propre chaleur et la douceur de son ventre autour duquel elle se lovait, où elle restait réfugiée, claquant des dents, sanglotant de peur et de tristesse, sachant déjà qu'elle avait tout perdu et n'aurait rien en échange. Cela l'aurait rassurée d'entendre sa voix, mais elle n'avait plus de voix, cela aussi c'était fini, et Nicolas comprit que pour lui aussi, que son destin serait le même. Personne n'entendrait plus sa voix. Il mourrait de froid pendant la nuit. On retrouverait son corps au matin, bleui, durci par une fine pellicule de gel, presque cassant. Ce serait Patrick sans doute qui le découvrirait. Il le sortirait de la voiture en le portant dans ses bras, tenterait de le ranimer en lui faisant du bouche-à-bouche, mais en vain. Ce serait Patrick aussi qui fermerait ses yeux agrandis par la souffrance et l'effroi. Il aurait du mal, les paupières gelées ne voudraient pas descendre, tout le monde aurait peur d'affronter le regard épouvanté du petit garçon mort, mais Patrick trouverait une solution. Du bout de ses doigts bronzés et précis il saurait assouplir, abaisser doucement les paupières, et ses doigts s'attarderaient sur le visage désormais sans regard, apaisé.

Il faudrait prévenir ses parents. Toute l'école assisterait à son enterrement.

Alors qu'il en imaginait le déroulement et en tirait un peu de réconfort, une branche racla la vitre de la voiture et la peur déferla en lui de nouveau. Moins d'une bête que d'un assassin rôdant la nuit autour du chalet, prêt à dépecer les enfants qui auraient l'imprudence de s'en écarter, de quitter la bonne chaleur d'animal endormi. Il repensa à la voiture dont il avait aperçu les phares sur la grande route, en contrebas, au voyageur qui seul, cette nuit, veillait avec lui, et resta aux aguets d'un bruit, du craquement feutré d'un pas sur la neige. Ses mains se blottissaient entre ses cuisses dont il ne maîtrisait pas le tremblement, l'une d'entre elles enserrant cette toute petite chose qui n'avait pas de nom, et il ne pleurait pas, mais son visage se crispait d'épouvante, il ouvrait la bouche pour crier sans produire un son, écarquillait les yeux, se composait un masque de terreur atroce pour que ceux qui le trouveraient comprennent rien qu'à le voir ce qu'il avait enduré avant de mourir, à quelques mètres d'eux, dans la neige et la nuit, pendant qu'ils dormaient tous.

16

Il tremblait de tout son corps, doucement, sans même s'en rendre compte. Il n'avait pas perdu conscience, mais les pensées n'arrivaient plus à circuler dans les canaux de son cerveau qu'envahissait le gel. Parfois, c'était comme un poisson engourdi, hébété, qui des profondeurs noires et calmes montait vers la surface, approchait de la pellicule de glace qui la recouvrait et avant de disparaître à nouveau, happé par le noir, laissait une petite trace, un clignotement, le sillage aussitôt effacé d'un étonnement : c'était donc cela, mourir. Plonger ainsi, lentement, dans la torpeur, le gel, jusqu'à l'endroit calme, noir et profond où bientôt il n'y aurait plus de Nicolas, plus de corps pour trembler, plus de consolation à attendre, plus rien.

Il ne savait plus si ses yeux étaient ouverts ou fermés. Il sentait le contact du volant contre son front, mais ne voyait rien, ni l'intérieur de la portière, ni le dehors, le bout de route enneigée et les sapins que la vitre encadrait. A un moment, pourtant, un rayon de lumière frappa ses paupières. Cela bougeait, changeait de direction. Nicolas pensa fugitivement au voyageur nocturne, puis à un gigantesque poisson des profondeurs qui évoluait autour de lui et l'enveloppait de son aura phosphorescente. Il aurait voulu descendre, descendre de plus en plus loin avec le poisson dans les grands fonds, pour échapper au voyageur, ne pas voir son visage. Il faillit hurler quand le faisceau de la lampe torche l'aveugla, quand la portière s'ouvrit. Une forme sombre se pencha, le surplombant, et son cri s'étrangla dans sa gorge. Une main le toucha, une voix dit : « Nicolas, mais Nicolas, qu'est-ce qui se passe ? » Il reconnut cette voix et alors tout son corps se détendit, ses muscles, ses nerfs, ses os, ses pensées, tout se mit à couler, couler sans fin, comme des larmes, tandis que Patrick le soulevait dans ses bras.

Il avait dû rouvrir les yeux, car il se rappelait la portière ouverte derrière eux pendant que Patrick remontait le chemin en le portant. Trop pressé de le ramener, il avait négligé de la claquer et l'image de cette portière battant l'air comme un aileron cassé au flanc de la voiture s'était imprimée dans la rétine de Nicolas. Plus tard, pour le faire rire, Patrick et Marie-Ange lui dirent qu'il n'avait pas cessé, tandis qu'on le frictionnait, de parler de cette portière, de dire qu'il fallait retourner la fermer. On se demandait s'il survivrait et lui, son seul souci, c'était que la portière ne reste pas ouverte sur la route, la nuit.

Il y avait eu ensuite de la lumière, le visage de Patrick et celui de Marie-Ange, leurs voix qui répétaient son nom. Nicolas, Nicolas. Il était avec eux, leurs mains chaudes parcouraient son corps, le frottaient, l'enveloppaient, et pourtant ils l'appelaient comme s'il avait été perdu dans une forêt et s'ils participaient à une battue pour le retrouver. Il gisait dans un sous-bois, blessé, perdant son sang, et entendait au loin leurs voix inquiètes, Nicolas, Nicolas, où es-tu Nicolas ?, et il ne pouvait pas leur répondre. A un moment, des pas faisaient crisser les feuilles, ils passaient tout près de lui mais ils ne le savaient pas et lui ne pouvait pas se faire entendre, déjà ils s'éloignaient, poursuivaient les recherches dans une autre partie de la forêt. Patrick, plus tard, le reprit dans ses bras, monta l'escalier en le portant. On l'allongea, on mit sur lui de lourdes couvertures, on lui soutint la tête pour qu'il boive quelque chose de très chaud qui lui fit faire la grimace, mais la voix de Marie-Ange insista, dit que c'était bon, qu'il fallait, on inclina le verre et le liquide brûlant coula dans sa gorge. Il commençait à sentir son corps de nouveau, parcouru par des frissons si amples et si longs qu'ils en devenaient voluptueux. Il ondulait sous les couvertures, comme un gros poisson donnerait des coups de queue au ralenti. Il gardait les yeux fermés, ne savait pas où on l'avait transporté, seulement qu'il était en lieu sûr, qu'il avait chaud, qu'on veillait sur lui, que Patrick était venu le sauver de la mort et l'avait porté dans ses bras jusqu'à cette chaleur et cette sécurité. Les voix autour de lui étaient devenues des murmures, une étoffe un peu rêche frottait contre sa bouche. Son corps continuait de bouger, décrivant de très lents soubresauts qui prenaient fin dans la plante des pieds, s'y attardaient comme s'ils avaient voulu aller plus loin, l'étirer davantage encore. Il était tout petit dans un coin du lit, réfugié sous la couverture comme dans une grotte, et l'autre coin du lit semblait s'être infiniment éloigné, élevé aussi. Il le surplombait comme une dune gigantesque, montant très haut dans le ciel et venant mourir sous son visage. Sur la pente démesurée de cette dune descendait une boule noire. Ce n'était qu'une petite tache au début, quand elle quittait le sommet, mais elle devenait de plus en plus grosse en dévalant, énorme, Nicolas devinait qu'elle allait occuper toute la place, qu'il n'y aurait plus qu'elle et qu'elle l'écraserait. Elle produisait en s'approchant un bourdonnement de plus en plus fort, Nicolas avait peur, mais se rendit bientôt compte qu'il pouvait à volonté faire reculer la boule noire, d'un coup la renvoyer au sommet, condamnée à une nouvelle descente qu'il saurait de nouveau interrompre avant d'être écrasé. Juste avant : tout le plaisir était de la laisser venir le plus près possible, de lui échapper le plus tard possible.

17

Il avait chaud, très chaud, recroquevillé sur lui-même. Il était réveillé mais repoussait le moment d'ouvrir les yeux pour prolonger cette chaleur, ce bien-être. L'intérieur de ses paupières était orange. Un bourdonnement léger, apaisant, venait peut-être de ses oreilles, peut-être d'une machine à laver, quelque part dans le chalet. Derrière le hublot, le linge tournait en se tordant lentement dans l'eau très chaude. Les genoux de Nicolas touchaient son menton, la main retenant les couvertures appuyait contre ses lèvres. Il sentait la jointures de ses doigts, leur chaleur sèche. Son autre main devait être quelque part dans le lit, dans la profondeur quiète et chaude où se lovait son corps. Quand il ouvrit enfin les yeux, la lumière était chaude aussi. On avait tiré les rideaux, mais le soleil, derrière, brillait avec tant d'éclat que la pièce baignait dans une pénombre orangée, piquetée de petits points lumineux. Il reconnut la table, l'abat-jour, comprit qu'on l'avait installé dans le bureau où se trouvait le téléphone. Il émit un petit gémissement, pour s'entendre lui-même, puis un autre, plus fort, pour savoir s'il y avait quelqu'un alentour. Des pas s'approchèrent, dans le couloir. La maîtresse s'assit sur le bord de son lit. D'une voix douce, en mettant la main sur son front, elle lui demanda s'il se sentait bien, s'il n'avait mal nulle part. Elle proposa d'ouvrir les rideaux, et les rayons du soleil envahirent gaiement la pièce. Puis elle alla chercher un thermomètre. Nicolas savait-il prendre sa température lui-même ? Il hocha la tête, saisit le thermomètre qu'elle lui tendait et le fit disparaître sous les couvertures. A tâtons, toujours recroquevillé en chien de fusil, il baissa son pantalon de pyjama et guida le thermomètre entre ses fesses. Le contact était froid, il eut du mal à trouver le trou mais y arriva et hocha de nouveau la tête quand la maîtresse lui demanda si ça allait. Ils attendirent un moment, elle continuait à lui caresser le front, puis une petite sonnerie se fit entendre sous les couvertures. La maîtresse dit que c'était bon et le thermomètre remonta jusqu'à elle. « 39,4 °C, lut-elle. Il faut te reposer. » Elle lui demanda ensuite s'il voulait manger quelque chose, non, répondit-il, alors boire, il faut boire quand on a de la température. Nicolas but, puis se retira dans la chaleur, dans la douce et grouillante torpeur de la fièvre. Il rejoua avec la boule noire. Plus tard, la sonnerie du téléphone le réveilla. La maîtresse arriva aussi vite que si elle avait attendu dans le couloir. Elle parla quelques minutes en baissant la voix et en regardant Nicolas avec un sourire puis, ayant raccroché, se rassit au bord du lit pour lui faire reprendre sa température, lui donner à boire de nouveau. Doucement, elle lui demanda s'il lui était déjà arrivé de se promener la nuit, sans s'en rendre compte. Il dit qu'il ne savait pas et elle lui pressa la main comme si cette réponse lui suffisait, ce dont Nicolas fut à la fois surpris et soulagé. Plus tard encore, il entendit le moteur de l'autocar sur le terre-plein et, au rez-de-chaussée, le joyeux vacarme de la classe revenant de la leçon de ski. Il y eut des cavalcades dans l'escalier, des apostrophes, des rires. La maîtresse demanda qu'on ne fasse pas trop de bruit parce que Nicolas était malade. Il sourit, referma les yeux. Il aimait être malade, avoir de la fièvre, repousser la grosse boule noire au moment où elle roulait sur lui pour l'écraser. Il aimait ces bruits bizarres, bourdonnements, grésillements, dont il ne savait pas s'ils venaient du dehors ou de l'intérieur de son corps. Il aimait qu'on s'occupe de lui sans rien exiger, sinon qu'il prenne quelques médicaments. Il passa une journée merveilleuse, tantôt se laissant glisser dans la somnolence habitée de la fièvre, tantôt jouissant d'être éveillé, immobile, écoutant de son lit la rumeur du chalet sans être obligé d'y participer. A l'heure du repas, en bas, ce fut le ferraillement des couverts, les assiettes qu'on empilait, les voix aiguës qui se chevauchaient, les rires, les menaces pas sérieuses des moniteurs et de la maîtresse. Celle-ci montait le voir toutes les heures, et Patrick monta aussi, une fois. Comme elle, il lui tâta le front et lui dit qu'il était vraiment un drôle de numéro.

Nicolas aurait voulu le remercier de lui avoir sauvé la vie, mais il craignit qu'entre rois du pétrole cela sonne faux, trop sentimental, et se tut. La nuit venue, la maîtresse dit à Nicolas qu'elle devait rappeler sa maman. Elle lui avait déjà téléphoné le matin, pendant qu'il dormait, et maintenant il fallait qu'elle redonne des nouvelles. Il pourrait lui parler, s'il voulait. Nicolas émit un soupir languissant, signifiant qu'il se sentait trop faible pour cela, et entendit seulement ce que disait la maîtresse. Qu'il avait une forte fièvre, que bien sûr c'était dommage pour lui, mais que non, ce n'était pas la peine de le renvoyer à la maison. D'ailleurs, il n'y avait personne pour le raccompagner. Ensuite, elle parla de somnambulisme. Elle dit que de tels cas n'étaient pas rares, mais que c'était curieux qu'on ne l'ait pas remarqué jusqu'à présent. D'après la suite des réponses, Nicolas comprit que sa mère protestait : il n'avait jamais eu d'accès de somnambulisme. L'insistance qu'elle mettait à l'en défendre, comme si ç'avait été un mal honteux dont on aurait pu la tenir pour responsable, contraria Nicolas. Il était très content que la maîtresse mette l'histoire de la nuit précédente sur le compte du somnambulisme. Ainsi, il n'avait pas à s'expliquer. Ce n'était pas sa faute, ne dépendait pas de sa volonté. On le laissait tranquille. « J'aimerais vous passer Nicolas... » proposa la maîtresse. Devant sa grimace implorante, elle se dépêcha d'ajouter : « ... mais il dort en ce moment », et Nicolas lui adressa un sourire de gratitude avant de se lover de nouveau dans le lit, ondulant de tout son corps, enfouissant son visage dans l'oreiller et souriant tout seul, cette fois, pour lui-même.

18

Nicolas dormit bien, et le jour qui suivit fut parfaitement heureux. Au matin, Patrick entra dans le bureau et avec son sourire complice de roi du pétrole dit que ça suffisait comme ça de monopoliser la maîtresse : avec toute la neige qui était tombée, il n'était pas question qu'elle manque encore le ski et, comme on n'allait pas le laisser seul au chalet, il viendrait aussi. Nicolas, craignant qu'on ne l'oblige à skier, voulut dire qu'il ne se sentait pas bien, mais déjà Patrick avait entrepris de l'habiller, c'est-à-dire de superposer à son pyjama plusieurs épaisseurs de vêtements chauds qui, dit-il en riant, lui donnaient l'air d'un bibendum. Après quoi : « Dernière couche ! », annonça-t-il, et, couchant le bibendum sur le lit, il ramena sur lui la couverture, l'emmaillota et souleva le paquet d'où dépassaient tout juste les yeux de Nicolas. Ainsi chargé, il descendit l'escalier et fit son entrée dans la grande salle où la classe, le petit déjeuner débarrassé, se préparait à partir. « Voilà le paquet de linge sale ! », plaisanta Patrick, et Marie-Ange éclata de rire. Les autres firent cercle autour d'eux. Dans les bras de Patrick, Nicolas avait l'impression d'être grimpé sur un arbre pour échapper à une horde de loups. Ils pouvaient toujours gronder, baver, griffer le tronc, lui était en sécurité sur la plus haute branche. Il remarqua que Hodkann ne faisait pas partie du cercle des loups, mais lisait, un peu à l'écart, sans paraître s'intéresser à la situation. Ils ne s'étaient pas parlé depuis deux jours.

Dans l'autocar, Patrick lui aménagea une sorte de couchette avec deux sièges et un gros oreiller. Marie-Ange dit qu'il était un vrai pacha et que Patrick allait le pourrir, s'il continuait. Les autres, derrière, se moquaient un peu, mais Nicolas feignait de ne pas les entendre.

« Et maintenant, au bistrot ! », dit Patrick quand ils furent arrivés au village. Il le reprit dans ses bras, toujours roulé dans la couverture, et l'emporta ainsi au café du village, situé au bas des pistes. En bavardant avec le patron, un gros homme moustachu, il installa confortablement Nicolas sur une banquette près de la fenêtre. De là, à travers un balcon de bois sculpté représentant des sapins, on avait vue sur la petite pente où se déroulaient les leçons des débutants. Déjà, les enfants chaussaient leurs skis, agitaient leurs bâtons, Marie-Ange et la maîtresse semblaient débordées, et Nicolas était bien content d'échapper à tout cela. Patrick lui donna un paquet de vieilles bandes dessinées, pas très intéressantes mais qui l'occuperaient, et demanda ce que monsieur voulait boire. « Donnez-lui un vin chaud, dit le patron, hilare, il sera plus vite guéri ! » Patrick commanda un chocolat, puis ébouriffa les cheveux de Nicolas et sortit. Passant derrière la fenêtre, il rejoignit le groupe. Tout le monde se tournait vers lui avec confiance, comme si lui seul pouvait régler tous les problèmes, fixations défectueuses, gants perdus, chaussures mal fermées, et tout cela en souriant, à la blague.

Nicolas resta au café les trois heures que dura la leçon de ski. Il n'y avait personne, à part lui. Le patron préparait les tables pour le déjeuner sans lui prêter aucune attention. Nicolas se sentait bien, calé contre son oreiller, emmailloté dans sa couverture comme une momie. Jamais il ne s'était senti aussi bien de sa vie. Il espéra que sa fièvre durerait assez pour que ce soit pareil demain et après-demain et tous les autres jours de la classe de neige. Combien encore ? Il avait déjà passé trois nuits au chalet, il devait en rester une dizaine. Dix jours à être malade, dispensé de tout, transporté par Patrick dans les couvertures, ce serait merveilleux. Il se demanda comment faire tenir sa fièvre, qu'il sentait déjà baisser. Ses oreilles ne bourdonnaient plus, il devait se forcer pour avoir des frissons. Quelquefois, il poussait un gémissement léger, comme s'il avait à demi perdu connaissance et de nouveau agissait indépendamment de sa volonté. Peut-être, maintenant qu'on le croyait somnambule, pourrait-il ressortir la nuit, afin d'entretenir son mal et le souci qu'on se faisait pour lui.

C'était bien, cette histoire de somnambulisme. Il avait craint des reproches, et voilà que grâce à cette explication on ne lui reprochait rien, ne lui demandait même rien. On l'aurait plutôt plaint. Il souffrait d'un mal mystérieux, on ne savait ni quand cela risquait de se reproduire ni comment l'empêcher : oui, c'était vraiment bien. Malgré leur méfiance, la maîtresse convaincrait ses parents. Nicolas est somnambule, chuchoterait-on à la maison. On ne le dirait d'ailleurs pas devant lui : quand un enfant est gravement malade, on n'en parle pas devant lui. Dans quelle mesure était-ce grave, d'être somnambule ? En dehors des avantages que, pour sa part, il y trouvait, est-ce que cela présentait de réels inconvénients ? Il avait entendu dire qu'il était très dangereux de réveiller un somnambule pendant sa crise. Mais dangereux comment ? Pour qui ? Qu'est-ce qui pouvait se passer ? Est-ce qu'il risquait de mourir, ou alors de devenir fou, de vouloir étrangler celui qui l'avait réveillé ? S'il faisait une chose grave, terrible, au cours d'une crise, est-ce que ce serait sa faute ? Certainement pas. Un autre avantage du somnambulisme, c'est la difficulté de confondre un simulateur. Pour se dire grippé, il faut de la fièvre, qu'on peut contrôler, alors que si Nicolas se mettait à marcher toutes les nuits, les mains tendues devant lui et le regard absent, on le soupçonnerait peut-être de faire semblant afin de se rendre intéressant ou de commettre sous ce couvert des actes défendus, mais dans le doute on ne pourrait pas l'en accuser. A moins, bien sûr, qu'il existe des techniques spéciales. Avec un peu d'inquiétude, Nicolas imaginait son père sortant du coffre de sa voiture un appareil avec des cadrans et des aiguilles, un casque dont il lui ceindrait le front et qui, s'il se levait la nuit, prouverait irréfutablement qu'il avait toute sa conscience, qu'il était responsable de ses actes et cherchait à tromper son monde.

Depuis que Nicolas était malade, il n'avait plus été question de son père. Le premier jour, on attendait son retour, ou au moins de ses nouvelles par téléphone. Cela semblait aller de soi puisqu'il était acquis qu'il ouvrirait son coffre et y trouverait le sac. Mais comme il n'avait pas donné signe de vie, on avait simplement cessé de compter sur lui et de se demander quand il arriverait. Si, comme Nicolas l'avait pensé, ce silence signifiait qu'il avait eu un accident, on l'aurait su. Depuis trois jours, on l'aurait retrouvé sur le bord de la route. Sa mère aurait été prévenue et par conséquent lui aussi. Même si on avait décidé de repousser le moment de le lui annoncer, il aurait bien senti à l'attitude des autres qu'il était arrivé quelque chose de grave. Mais non. C'était étrange : cette énigme et le fait que tout le monde s'en était si vite désintéressé, ne semblait plus s'en apercevoir. Même Nicolas, faute d'hypothèses, s'en détournait aussi. Il espérait seulement que son père ne reviendrait pas, que la classe de neige continuerait ainsi, tous les jours comme ce jour, et que sa fièvre durerait. Il regardait dehors, à travers la buée et les sapins sculptés. Dans la pente douce, Patrick avait planté des bâtons entre lesquels les enfants devaient louvoyer. Certains savaient déjà skier et narguaient ceux qui ne savaient pas. Maxime Ribotton descendait sur son derrière. Nicolas avait chaud. Il fermait les yeux. Il était bien.

19

Les gendarmes portaient des tricots bleu marine avec des pièces de peau aux épaules, mais ni veste ni manteau, et la première pensée de Nicolas, pelotonné dans sa couverture, fut qu'ils devaient avoir terriblement froid. Un courant d'air glacial s'était engouffré dans le café quand ils avaient poussé la porte, on s'attendait à voir un tourbillon de neige sur leurs talons. Le patron était descendu à la cave par une trappe située derrière le bar et il s'écoula presque une minute avant que le bruit dans la salle le fasse remonter, en sorte que Nicolas pensa qu'il lui revenait d'accueillir les nouveaux venus. En d'autres circonstances, ce rôle l'aurait effrayé, mais la fièvre et surtout le fait d'être reconnu comme somnambule lui donnaient l'audace de qui se sent absous d'avance, délivré des conséquences de ses actes. De son coin, assez fort, il dit : « Bonjour ! » Les gendarmes, occupés à secouer la neige de leurs bottes, n'avaient pas remarqué sa présence et cherchèrent des yeux qui avait parlé, comme s'ils s'attendaient à découvrir suspendue quelque part la cage d'un perroquet. Nicolas se crut un instant devenu invisible. Pour les aider, il bougea un peu. La couverture glissa sur ses épaules. Alors, tous deux en même temps le repérèrent, acagnardé près de la fenêtre embuée. Ils échangèrent un coup d'œil rapide, presque alarmé, et s'approchèrent vivement de lui. Malgré la fièvre et le somnambulisme, Nicolas eut peur d'avoir fait une bêtise, de s'être jeté dans la gueule du loup, peut-être d'avoir affaire à de faux gendarmes. Debout au-dessus de lui, ils le dévisagèrent sans rien dire, échangèrent à nouveau un coup d'œil. Le plus grand secoua la tête et l'autre s'adressa enfin à Nicolas pour lui demander ce qu'il faisait là. Nicolas l'expliqua, mais il sentait que, passé le court moment d'alerte dont il venait d'être la cause, sa réponse ne les intéressait plus tellement.

« Bon, alors tu n'es pas tout seul », conclut le plus grand, soulagé. Le patron, à ce moment, surgit de la trappe. Les gendarmes délaissèrent Nicolas pour le rejoindre au bar. Ils étaient soucieux : un enfant du hameau de Panossière, à quelques kilomètres de là, avait disparu. On le cherchait en vain depuis deux jours. Nicolas comprit ce qu'avaient espéré les gendarmes en le voyant, et pensa que d'une certaine façon il s'en était fallu de peu : deux jours, cela voulait dire que l'enfant avait disparu au moment où lui-même avait failli le faire.

Plus petit, il avait lu les aventures du Club des Cinq et du Clan des Sept, et se rappelait certaines qui commençaient ainsi : un des enfants-détectives, surprenant une conversation entre adultes, flairait un mystère que la bande ensuite éclaircissait. Il s'imaginait prenant les enquêteurs de vitesse, retrouvant le petit disparu et l'amenant à la gendarmerie en disant d'un air modeste que ça n'avait pas été bien difficile : il suffisait de réfléchir, et puis il avait eu de la chance. Elevant la voix pour se faire entendre, et tâchant de ne pas dérailler dans l'aigu, il demanda quel âge avait l'enfant. Les gendarmes et le patron, surpris, se tournèrent vers lui.

« Neuf ans, répondit un des gendarmes, et il s'appelle René. Tu ne l'as pas vu, par hasard ?

– Je ne sais pas, dit Nicolas. Vous avez sa photo ? »

Le gendarme semblait de plus en plus étonné de voir Nicolas prendre l'enquête en main, mais répondit avec docilité qu'il avait justement des avis de recherche qu'on venait d'imprimer pour les placarder dans le pays. Il sortit de sa sacoche une liasse d'affichettes qu'il montra à Nicolas :

« Ça te dit quelque chose ? »

La photo était en noir et blanc, médiocrement polycopiée. On voyait cependant que René avait les cheveux blonds, coupés au bol, et portait des lunettes ; son sourire révélait des dents de devant très écartées, à moins que l'une d'entre elles ne manquât. Le texte précisait que la dernière fois où on l'avait vu il portait un anorak rouge, un pantalon de velours beige et des moon-boots neuves de marque Yeti. Nicolas examina l'avis de recherche assez longuement, sentant peser sur lui les regards intrigués des gendarmes, partagés sans doute entre l'agacement devant ce gamin qui faisait l'important et l'idée qu'il ne fallait négliger aucune piste. Il fit durer un peu le plaisir, enfin secoua la tête et dit que non, il ne l'avait pas vu. Le gendarme voulut reprendre son affichette, mais Nicolas proposa de la placarder au chalet où séjournait sa classe. Le gendarme haussa les épaules. « Au point où on en est, pourquoi pas ? », dit son collègue, adossé au bar, et Nicolas put garder sa prise.

Le patron du café, que toute cette inquiétude ennuyait visiblement, dit que ce devait être une fugue, rien de bien grave. « Espérons », dit un des gendarmes. L'autre, celui qui se tenait devant le bar, soupira : « Moi, ce genre d'affiches, ça me rend malade. Parce que là, vous n'en voyez qu'une, et il y a encore de bonnes chances qu'on le retrouve, le môme. Mais à la gendarmerie, on en a un panneau entier, et il y en a qui datent de plusieurs années. Trois ans. Cinq ans. Dix ans. On a cherché, et puis à la longue, forcément, on a cessé de chercher. On ne sait rien. Les parents ne savent rien. Ils continuent peut-être à espérer, en tout cas ils y pensent tout le temps. Vous imaginez ? A quoi on peut penser d'autre quand il est arrivé ça ? »

Le gendarme s'était mis à parler d'une voix sourde, en scrutant la photo et en secouant la tête comme s'il allait d'une minute à l'autre se la cogner violemment sur le comptoir. Son collègue et le patron semblaient embarrassés par cet accès d'émotion. « C'est dur, oui... », reconnut le patron, espérant changer de sujet. Mais le gendarme secoua encore la tête et poursuivit : « Qu'est-ce qu'ils peuvent se dire, les parents, hein ? Que leur môme est mort ? Qu'il vaut mieux qu'il soit mort ? Ou alors qu'il vit quelque part, qu'il a grandi ? On voit des signalements, comme ça, l'anorak, les moon-boots, taille 1,12 m, poids 31 kilos, et puis on voit la date, ça fait sept ans. Sept ans que le gosse fait 1,12 m et 31 kilos. Qu'est-ce que ça veut dire, ça ? » Le gendarme faillit éclater en sanglots, mais se reprit. Il poussa un grand soupir, comme pour se vider, s'excuser auprès des autres, puis, sur le ton dont on dit : « C'est fini, c'est passé, ne vous inquiétez pas... », répéta doucement : « Putain, qu'est-ce que ça veut dire ? »

20

La fièvre de Nicolas avait baissé, en fait il n'était plus malade, mais tout continuait à se passer, selon son vœu, comme s'il devait l'être jusqu'à la fin de la classe de neige, comme si une fois choisie cette place il était plus commode pour tout le monde qu'il la garde. On n'essayait même pas de justifier sa quarantaine en surveillant sa température ou en lui donnant des médicaments. Simplement, la maîtresse et les moniteurs semblaient avoir oublié qu'il aurait pu prendre des leçons de ski comme les autres, manger à table avec eux et dormir dans un dortoir. Quand ils entraient dans le petit bureau qui depuis deux jours maintenant lui tenait lieu de chambre, ils le voyaient étendu sur le divan, emmailloté dans sa couverture, plongé dans un livre ou le plus souvent rêvassant, et tout en téléphonant ou cherchant des papiers lui souriaient, lui adressaient quelques mots gentils comme à un animal familier ou un enfant beaucoup plus petit qu'il n'était. On laissait la porte entrouverte. Quelquefois, un élève passait la tête, lui demandait si ça allait bien, s'il avait besoin de quelque chose. Ces visites étaient brèves, sans hostilité mais sans enjeu. Hodkann ne lui en rendit pas.

L'après-midi suivant le passage des gendarmes au café, Lucas vint ainsi dire bonjour à Nicolas, qui le retint et lui demanda un service : il fallait que Hodkann vienne le voir ; il voulait lui parler. Lucas promit de faire la commission et redescendit au rez-de-chaussée, d'où provenaient des bruits mats de corps qui tombaient. Patrick donnait à la classe un cours d'initiation au karaté.

Nicolas attendit jusqu'au soir, en vain. Etait-ce Hodkann qui ne voulait pas venir ou Lucas qui n'avait pas transmis le message ? L'heure du dîner arriva, puis celle du coucher. Il y eut le remue-ménage habituel, cela dura, puis ce fut le calme. De la grande salle montaient, sans qu'on puisse distinguer ce qu'elles disaient, les voix des moniteurs et de la maîtresse qui bavardaient en buvant une tisane et fumant une cigarette comme ils en avaient pris l'habitude avant d'aller se coucher à leur tour. Alors Hodkann entra dans le bureau.

Il n'avait fait aucun bruit et surprit Nicolas. Avant qu'il ait eu le temps de rien prévoir, Hodkann était debout devant lui, en pyjama, et le regardait avec dureté. L'expression de son visage disait qu'il n'avait pas l'habitude d'être ainsi convoqué par un blanc-bec et qu'il espérait ne s'être pas dérangé pour rien. Il ne disait mot, c'était à Nicolas de parler le premier. Il préféra garder le silence aussi et sortit de sous son oreiller l'avis de recherche qu'il déplia pour le montrer à Hodkann. La petite lampe de chevet diffusait dans la pièce une lumière douce, orangée, et un bourdonnement presque imperceptible qui devait provenir de l'ampoule. On continuait d'entendre, en bas, la paisible rumeur des voix d'adultes, d'où se détachait quelquefois le rire chaleureux de Patrick. Hodkann examinait l'affichette sans se presser. Une sorte de duel s'était engagé, que perdrait celui qui parlerait le premier, et Nicolas comprit qu'il valait mieux que ce soit lui.

« Il y avait des gendarmes au café, ce matin, dit-il. Ils le cherchent depuis deux jours.

– Je sais, répondit froidement Hodkann. On a vu l'affiche au village. »

Nicolas se sentit désemparé. Il croyait faire part d'un secret à Hodkann, et tout le monde était déjà au courant. Dans les dortoirs, on ne devait parler que de cela. Il aurait aimé que Hodkann lui rende l'affichette : c'était son seul bien, la seule carte qu'il possédait de plus que les autres dans cette affaire, et il avait stupidement commencé par s'en défaire. Maintenant, Hodkann allait lui demander pourquoi il l'avait fait venir, ce qu'il avait à lui dire, et Nicolas lui avait déjà tout dit. La colère de Hodkann, le terrible dédain de Hodkann seraient son lot. Il regardait Nicolas par-dessus l'affichette de l'air froid et attentif qu'il n'avait pas quitté depuis son entrée. Il semblait capable de rester ainsi des heures, sans se lasser du malaise qu'il provoquait chez sa victime, et Nicolas pensa qu'il ne supporterait pas cette tension.

Alors, à sa façon imprévisible, Hodkann rompit. Son visage se détendit, il s'assit sans façon sur le bord du lit, à côté de Nicolas, et dit : « Tu as une piste ? » D'un coup, le bloc d'hostilité avait fondu, Nicolas n'avait plus peur, au contraire il éprouvait avec Hodkann cette complicité confiante, chuchotante, qu'il avait souvent rêvée et qui unissait les membres du Club des Cinq. La nuit, à la lueur d'une lampe torche, pendant que tout le monde dormait, on tentait de résoudre un terrible mystère.

« Les gendarmes pensent que c'est une fugue, commença-t-il. Enfin, ils espèrent... »

Hodkann sourit avec une ironie affectueuse, comme s'il connaissait bien son Nicolas et savait sur quel chemin il allait l'entraîner. « Et toi, compléta-t-il, tu n'y crois pas. » Il jeta un coup d'œil à l'affichette, toujours dépliée sur ses genoux : « Tu trouves qu'il n'a pas une tête de fugueur. »

Nicolas n'avait pas songé à cet argument, il en voyait bien la fragilité, mais n'en ayant pas d'autre il acquiesça. Hodkann avait accepté son offre de s'engager à la recherche de René sur le sentier du mystère, il se voyait déjà découvrant avec lui des passages secrets, explorant des souterrains humides, jonchés d'ossements, et comme ils n'avaient aucune piste pour démarrer, mieux valait ne pas faire les difficiles. Tout à coup, une idée lui vint, qui l'éblouit. Son père lui avait bien dit de ne jamais en parler, de ne pas trahir la confiance que lui avaient faite les chefs de clinique, mais Nicolas s'en moquait : Hodkann et René valaient cela.

« J'ai bien une petite idée, risqua-t-il, mais...

– Dis », ordonna Hodkann, et Nicolas, sans se faire davantage prier, lui raconta l'histoire des trafiquants d'organes qui enlevaient des enfants pour les mutiler. A son avis, c'était cela qui était arrivé à René.

« Et qu'est-ce qui te le fait penser ? », demanda Hodkann sur un ton qui n'exprimait pas le doute, mais au contraire un vif intérêt.

« Il ne faut le dire à personne, expliqua Nicolas, mais la nuit où je suis sorti, ce n'était pas une crise de somnambulisme. Je n'arrivais pas à dormir et à un moment, de la fenêtre du couloir, j'ai vu de la lumière sur le parking. Un homme se promenait avec une lampe torche. Ça m'a paru bizarre, alors je suis descendu. En me cachant, je l'ai suivi jusqu'à une camionnette qui était garée sur la route. C'était une camionnette blanche, exactement comme celles où ils cachent leurs tables d'opérations. L'homme est monté, il a démarré. Les phares étaient éteints, il n'a même pas mis le moteur mais commencé à descendre la route en roue libre, pour ne pas faire de bruit. Ça m'a paru louche, tu comprends. J'ai repensé à cette histoire de trafic d'organes et je me suis dit qu'ils devaient rôder autour du chalet, au cas où quelqu'un sortirait seul...

– Tu l'as échappé belle, si ça se trouve », murmura Hodkann. Nicolas le sentait captivé, jouissait du rôle nouveau qu'il tenait. Cela lui était venu d'un coup, il improvisait, mais déjà toute une histoire prenait corps devant lui, tout ce qui s'était passé les derniers jours trouvait une explication, à commencer par sa propre maladie. Il se rappela un livre où le détective faisait semblant d'être malade aussi, délirant, pour endormir la méfiance des malfaiteurs et les surveiller du coin de l'œil. C'était exactement ce qu'il faisait, lui, depuis deux jours. Dans le livre, l'assistant du détective, plein de ressources mais quand même moins intelligent que lui, poursuivait seul l'enquête, de son mieux, en croyant son maître sur la touche. Pour finir, le maître jetait le masque, avouait la supercherie, et il se révélait qu'en restant dans son lit il avait beaucoup plus progressé vers la solution du mystère que l'assistant en multipliant filatures et interrogatoires. Grisé par son récit, Nicolas en venait à juger plausible cette répartition des rôles entre Hodkann et lui, et le plus étonnant, c'est que Hodkann aussi semblait l'accepter. Ils imaginaient tous les deux les trafiquants d'organes en train de guetter le chalet, cette énorme réserve de foies, de reins, d'yeux, de corps frais, attendant l'occasion qui ne venait pas et se rattrapant sur un enfant du village voisin, le petit René qui avait eu le malheur de passer seul dans les parages. Cela se tenait. Cela se tenait terriblement.

« Mais, s'inquiéta soudain Hodkann, pourquoi est-ce qu'il ne faut rien en dire à personne ? Si c'est vrai, c'est très grave. Il faudrait prévenir la police. »

Nicolas le toisa. Cette nuit, c'était Hodkann qui posait les questions de timide bon sens, et lui, Nicolas, qui le clouait avec des réponses sibyllines.

« Ils ne nous croiront pas, commença-t-il ; puis, baissant encore la voix : et s'ils nous croient, ce sera pire. Parce que les trafiquants d'organes ont des complices dans la police.

– Comment tu sais ça ?, demanda Hodkann.

– C'est mon père, répondit avec autorité Nicolas. A cause de son métier, il connaît beaucoup de docteurs. » Et tandis qu'il parlait, oubliant que tout reposait sur un mensonge de sa part, une nouvelle idée lui venait : peut-être que l'absence de son père avait quelque chose à voir pour l'histoire. S'il avait surpris les trafiquants, s'il avait, pour de bon, lui, essayé de les suivre ? S'il était leur prisonnier ou s'ils l'avaient tué ? Si fragile que fût l'hypothèse, il la confia quand même à Hodkann, et pour la consolider inventa de nouveau : cela non plus, il ne fallait surtout pas en parler, mais son père enquêtait sur cette affaire, tout seul, ignoré de la police. Se servant de son métier comme d'une couverture, et de ses relations dans le monde hospitalier, il suivait la piste des trafiquants. Voilà pourquoi il était venu dans la région, sous prétexte de conduire Nicolas au chalet : ses informateurs lui avaient signalé la présence de la camionnette où se déroulaient les opérations clandestines. C'était une traque terriblement dangereuse. Il s'agissait d'une organisation puissante, sans scrupules, à laquelle il s'attaquait seul.

« Attends, demanda Hodkann. Il est détective, ton père ?

– Non, dit Nicolas. Non, mais... »

Il s'interrompit, et c'est lui qui, cette fois, regarda Hodkann avec une dure détermination, comme s'il jaugeait sa capacité à encaisser ce qui lui restait à apprendre. Hodkann attendait.

Nicolas comprit qu'il ne mettait en doute rien de ce qu'il lui avait dit et, un peu effrayé par ses propres paroles, poursuivit : « Il a un compte à régler avec eux. L'année dernière, ils ont enlevé mon petit frère. Il a disparu dans un parc d'attractions et on l'a retrouvé plus tard derrière une palissade. Ils lui avaient pris un rein. Tu comprends, maintenant ? »

Hodkann comprenait. Son visage était grave.

« Personne ne le sait, dit encore Nicolas. Tu me jures que tu n'en parleras pas ? »

Hodkann jura. Nicolas jouissait de l'empire que son récit prenait sur lui. Il lui avait envié son père mort, et mort de mort violente, comme la source de son prestige, et lui aussi maintenant avait un père aventurier, un justicier courant mille dangers, engagé dans une histoire dont il avait peu de chances de sortir vivant. D'un autre côté, il se demandait avec inquiétude où l'entraînait la folle surenchère de cette nuit, cette cascade d'inventions sur lesquelles il ne pouvait plus revenir. Si Hodkann parlait, ce serait une catastrophe épouvantable.

« J'ai eu tort de te dire ça, murmura-t-il. Parce que maintenant tu es en danger aussi. Tu es une cible pour eux. »

Hodkann sourit, avec ce mélange d'ironie et de bravoure qui le rendait irrésistible, et dit : « On est dans le même bateau. » A cet instant, les rôles furent rétablis : il était à nouveau le grand à qui le petit avait bien fait de confier ses dangereux secrets et qui prenait les choses en main, le protégerait. On entendit les fauteuils racler le carrelage de la salle du bas, puis les voix de la maîtresse et des moniteurs qui montaient l'escalier pour regagner leurs chambres. Hodkann mit un doigt devant sa bouche et plongea sous le lit. La maîtresse, un instant après, poussa la porte entrouverte : « Il faut dormir, Nicolas, il est tard. » Nicolas dit oui, oui, d'une voix ensommeillée, tendit le bras pour presser l'interrupteur. « Ça va ? demanda encore la maîtresse.

– Ça va, dit-il.

– Alors, bonne nuit. » Elle ressortit dans le couloir, y éteignit la lumière aussi. Ses pas s'éloignèrent, on entendit une porte grincer, couler un robinet.

« C'est bon, souffla Hodkann en remontant sur le lit, près de Nicolas. Il va falloir se faire un plan de campagne, maintenant. »

21

Dès que l'autocar s'arrêta sur la place du village, en contrebas de la piste où avaient lieu les leçons de ski, Nicolas comprit qu'il était arrivé quelque chose de grave. Un groupe d'une dizaine de personnes, hommes et femmes, se tenait devant le café, et même de loin on voyait aux visages une expression de douleur et de colère. L'autocar en se garant attira des regards hostiles. Fronçant les sourcils, Patrick dit qu'il descendait voir. La maîtresse ordonna aux enfants d'attendre. Ceux qui, depuis le chalet, chantaient une chanson comique sur les colonies de vacances se turent d'eux-mêmes. Patrick s'approcha du groupe devant le café. Il tournait le dos, sa queue de cheval flottant sur la capuche de son anorak, on ne voyait pas son visage, seulement celui de l'homme à qui il s'adressait, et qui lui répondait avec violence. Deux femmes, à côté de lui, s'y mirent aussi, l'une brandissant le poing en sanglotant. Pendant plusieurs minutes, Patrick ne bougea pas et personne ne dit mot à l'intérieur du car. La soufflerie étant arrêtée avec le moteur, les vitres se couvraient de buée qu'on enlevait du revers de la manche ou de la main pour voir ce qui se passait dehors. D'habitude, en faisant cela, on traçait des dessins ou des lettres, mais Nicolas se surprit à l'éviter, au contraire à tâcher de faire un rond ne représentant rien, comme si tout avait risqué d'être insultant pour les gens qu'on voyait rassemblés dehors. On les sentait capables, au moindre geste qu'ils prendraient pour une provocation, de renverser le car et de le brûler avec ses occupants. Enfin Patrick se retourna. Son visage aussi s'était brouillé : moins violent que ceux des gens du village, mais décomposé. La maîtresse descendit aussitôt pour aller à sa rencontre, entendre ce qu'il avait à dire hors de la présence des enfants. Hodkann alors rompit le silence, d'une voix qui exprimait non une hypothèse, mais une certitude qu'au fond tous partageaient :

« C'est René qui est mort », dit-il.

Il avait dit « René », pas « le garçon qui a disparu », comme si tout le monde le connaissait, comme s'il avait été l'un d'entre eux, et Nicolas sentit l'envahir l'horreur jusqu'à présent suspendue par l'attente. Patrick et la maîtresse remontèrent dans le car. La maîtresse ouvrit la bouche, mais au lieu de parler ferma les yeux, se mordit les lèvres, puis se tourna vers Patrick. Il posa doucement la main sur son bras et confirma :

« Ce n'est pas la peine d'essayer de vous le cacher, il s'est passé quelque chose de très grave. De terrible. On a retrouvé René, le garçon qui avait disparu à Panossière, et il est mort. Voilà. » Il poussa un soupir, pour montrer combien il lui avait été difficile de prononcer ces mots.

« On l'a tué », dit Hodkann, du fond du car, et cette fois encore c'était moins une question qu'une affirmation.

« Oui, répondit Patrick d'une voix brève. On l'a tué.

– On ne sait pas qui ? demanda Hodkann.

– Non, on ne sait pas qui. »

La maîtresse retira le mouchoir qu'elle tenait de ses doigts crispés devant sa bouche et, au prix d'un gros effort, arriva à parler. Sa voix tremblait.

« Je suppose, dit-elle, qu'il y en a parmi vous qui sont croyants. Alors je pense qu'ils devraient dire une prière. Ce serait bien. »

Il y eut un long silence. Personne n'osait bouger. Les vitres étaient tellement recouvertes de buée qu'on ne voyait plus rien dehors. Nicolas joignit les mains et voulut dans sa tête réciter le Notre Père, mais il n'arrivait plus à se rappeler les phrases, même la première. Il lui semblait entendre, très loin, la voix de sa mère en prononcer des bribes qu'il ne pouvait répéter. Autrefois, elle était dame catéchiste. Depuis le déménagement, c'était fini, et elle ne leur faisait plus, à son petit frère et lui, réciter de prière le soir. Il s'imagina, mais c'était absolument impossible, rien que de se représenter les gestes l'épouvantait, porter la main à la poche de son blouson, en sortir l'affichette que lui avait donnée le gendarme, la déplier – ô, le froissement du papier ! – et contempler la photo de René. Il se demanda ce qu'il en ferait dans les heures, les jours à venir, s'il oserait la sortir, la garder, où il la mettrait. S'il avait eu son coffre-fort, il aurait pu l'y ranger, et ensuite l'enterrer, oublier la formule. Si quelqu'un la trouvait dans sa poche, ou le surprenait en train de la regarder, est-ce qu'il ne devinerait pas à quoi Hodkann et lui avaient joué pendant la nuit ?

Leur conversation nocturne, ses propres inventions lui faisaient maintenant l'effet d'un crime, d'une participation inavouable, monstrueuse, au crime qui s'était déroulé pour de bon. Il revoyait le visage poupin de René, ses cheveux au bol, ses incisives trop écartées, ou sa dent de lait tombée. Il avait dû la mettre sous son oreiller, attendre que la petite souris vienne la remplacer par un cadeau. Derrière les lunettes, ses yeux se noyaient d'épouvante, l'épouvante d'un petit garçon sur qui un inconnu se penche pour le tuer, et Nicolas sentait se coller sur son propre visage l'expression de René, sa bouche s'ouvrir sur un cri silencieux qui ne prendrait jamais fin. Il aurait presque aimé qu'à ce moment une main s'abatte sur son épaule, qu'un gendarme fouille son blouson et en sorte l'avis de recherche qui le dénonçait. Un gendarme, ou le père de René, ivre de douleur, prêt à tuer à son tour et qui le tuerait sans doute s'il apprenait à quoi Hodkann et lui s'étaient amusés. Est-ce que les parents de René étaient là, dans le groupe rassemblé sur la place et dont les séparait maintenant le mur de buée opaque ? Est-ce qu'ils étaient encore tous là ? Que faisait Hodkann ? Est-ce qu'il priait ? Est-ce qu'ils priaient tous autour de lui, recueillis dans cette chapelle de buée ? Est-ce qu'il y aurait une fin à ce silence, à cette horreur qui les enveloppait tous et avec laquelle lui, à l'insu de tous, avait partie liée ?

22

Il n'y eut pas de leçon de ski. On rentra au chalet et on essaya de faire passer la journée. Sans doute viendrait un moment où on pourrait reprendre la vie normale, penser à autre chose, mais chacun devinait que ce moment était encore éloigné, qu'il n'arriverait pas dans le temps de la classe de neige. Il n'y avait rien à faire, pourtant, que de l'attendre. Jouer étant impossible, la maîtresse décida de faire la classe, une dictée d'abord, puis des exercices d'arithmétique. Comme il restait du temps avant le déjeuner et que chacun devait durant le séjour écrire au moins une lettre à ses parents, elle proposa de s'y mettre. Mais après avoir distribué quelques feuilles de papier blanc, elle se ravisa. « Non, murmura-t-elle en secouant la tête.

Ce n'est pas le bon moment. » Debout au milieu de la salle, serrant très fort la rame de papier dans ses mains dont on voyait blanchir les articulations, elle donnait une impression d'épuisement.

Hodkann eut un petit rire méchant et lança : « On pourrait faire une rédaction, alors. Racontez un beau souvenir de classe de neige.

– Arrête, Hodkann !, dit-elle, et elle répéta, criant presque : Arrête ! » Il était le seul des enfants à oser parler, comme si, pensa Nicolas, le fait de n'avoir plus de père lui en donnait le droit. Plus tard, pendant le déjeuner où même le fracas des couverts semblait enveloppé de coton, il demanda à Patrick si on avait retrouvé René près du chalet. Patrick hésita, puis dit que non, à deux cents kilomètres, dans un autre département.

« Cela signifie au moins une chose, ajouta-t-il, c'est que... — il hésita encore — c'est que l'assassin n'est plus dans la région.

« Cela signifie aussi, poursuivit la maîtresse, que vous n'avez pas de raison d'avoir peur. C'est terrible, c'est épouvantable, mais c'est fini. Vous ne risquez rien, ici. »

Sa voix se brisa en terminant la phrase, les tendons de son cou tremblaient. Elle regarda les enfants attablés comme pour les mettre au défi de démentir cette parole rassurante.

« Mais, insista Hodkann, c'est forcément ici qu'on l'a tué. Il n'a pas fait deux cents kilomètres tout seul.

– Ecoute, Hodkann, dit la maîtresse sur un ton où se mêlaient la supplication et une sorte de haine, j'aimerais qu'on arrête de parler de ça. C'est arrivé, on n'y peut rien, on ne peut rien y changer. Je regrette terriblement qu'à votre âge vous soyez confrontés à une histoire pareille, mais il faut arrêter d'en parler. Arrêter. C'est d'accord ? »

Hodkann se contenta de hocher la tête, et le repas se poursuivit en silence. Ensuite, les uns se mirent à lire ou dessiner, les autres à jouer aux sept familles. A ceux qui voulaient faire une partie de cache-cache, on ordonna de rester dans le chalet, surtout de ne pas aller dehors.

« Je croyais, persifla Hodkann, qu'on ne risquait plus rien.

– Ça suffit, Hodkann !, cria la maîtresse. Je t'ai demandé de te taire, alors si tu ne peux pas, tu montes tout seul là-haut, dans ton dortoir, et je ne veux pas te revoir avant le dîner. »

Sans discuter, Hodkann monta. Nicolas aurait aimé le suivre, parler avec lui, mais outre que la maîtresse ne l'aurait pas permis il craignait d'afficher une complicité compromettante. Mieux valait, maintenant, essayer de s'en tirer chacun de son côté. Il resta dans un coin, faisant semblant de lire un illustré. Chaque fois qu'il tournait une page, il croyait entendre le froissement de l'affichette dans la poche de son blouson qu'il n'avait pas retiré, prétendant avoir froid. Ainsi emmitouflé, il avait l'air d'attendre qu'on l'appelle pour partir, ne plus jamais revenir ici. Le corps du petit garçon, disloqué dans la neige, flottait devant ses yeux. Mais il n'y avait peut-être pas de neige, là où on l'avait retrouvé. L'assassin l'avait-il tué là-bas ou ici ? Même s'il l'avait amadoué avec des cadeaux ou des promesses, comme faisaient selon les parents de Nicolas ces hommes méchants dont toute son enfance on lui avait dit de se méfier, il était peu probable que René se soit laissé conduire si loin sans révolte. Mort ou vif, il avait dû faire le voyage dans le coffre, et c'était encore pire de penser qu'à ce moment il vivait encore. Enfermé dans le noir, sans savoir où on le conduisait.

Un jour, le père de Nicolas avait raconté une de ces histoires d'hôpital qu'il rapportait de ses tournées, celle d'un petit garçon qui devait subir une opération bénigne, mais l'anesthésiste avait commis une erreur et on avait enlevé l'enfant du billard sourd, aveugle, muet et paralysé, irréversiblement. Il avait dû reprendre conscience dans le noir. N'entendant rien, ne voyant rien, ne sentant rien au bout de ses doigts. Enseveli dans un bloc de ténèbres éternelles. On se pressait autour de lui et il ne le savait pas. Dans un monde tout proche, mais à jamais coupé du sien, ses parents, les médecins, décomposés d'horreur, scrutaient son visage cireux sans savoir si quelqu'un, derrière ces yeux mi-clos, ressentait et pouvait comprendre quelque chose. D'abord, il avait dû penser qu'on lui avait bandé les yeux, peut-être plâtré le corps, qu'il était dans une chambre obscure et silencieuse, mais que forcément quelqu'un allait venir, allumer la lumière, le délivrer. Il devait faire confiance à ses parents pour le tirer de là. Mais le temps passait, sans mesure possible, des minutes ou des heures ou des jours dans le noir et le silence. L'enfant hurlait et n'entendait même pas son propre cri. Au sein de cette panique lente, inexprimable, son cerveau travaillait, cherchait l'explication. Enterré vivant ? Mais il n'avait même plus de bras à raidir pour toucher le couvercle du cercueil, au-dessus de lui. Est-ce qu'à un moment il se doutait de la vérité ? Et René, ligoté dans le coffre, s'en doutait-il ? Il sentait les cahots de la route, il roulait sur le flanc, se meurtrissait au coin d'une valise, du bout des doigts touchait une vieille couverture. Se représentait-il le profil perdu du conducteur, derrière son volant ? Le moment où, ayant garé la voiture dans un coin de forêt isolé, il allait descendre, faire claquer la portière, s'approcher du coffre, l'ouvrir ? D'abord un filet de lumière, puis le filet s'élargit, le visage de l'homme se penche et René sait alors, d'une certitude totale, que le pire va commencer et que rien ne l'en sauvera. Il se rappelle sa vie d'enfant heureux, ses parents qui l'aiment, les copains, le cadeau que lui a apporté la souris quand sa dent du milieu est tombée, et il comprend que cette vie aboutit là, à cette réalité atroce et plus réelle que tout ce qui l'a précédée. Tout ce qui s'est passé avant n'était qu'un rêve et voici le réveil, cet habitacle obscur où il est ligoté, le cliquetis de la clé dans la serrure du coffre et le filet de lumière où s'inscrit le visage de l'homme qui va le tuer. Cet instant-là, c'est sa vie, la seule réalité de sa vie, et il ne reste plus qu'à hurler, hurler de toutes ses forces, un hurlement que personne n'entendra jamais.

23

Patrick, après le goûter, décida d'organiser une nouvelle séance de relaxation. « Pour essayer, dit-il, de faire le vide dans vos têtes. » Mais Nicolas n'arriva pas à faire le vide et, même les yeux fermés, sentait qu'autour de lui les autres n'y arrivaient pas non plus. Allongés sur le sol, les membres épars, ils craignaient tous de ressembler à l'enfant mort. Comme l'autre fois, Patrick leur parlait d'une voix calme, il disait de se vider, de se sentir lourd, lourd, de s'enfoncer dans le sol, de s'y laisser couler. L'une après l'autre, il nommait les parties du corps qui devaient s'alourdir, mais rien que d'entendre leurs noms, cette fois, on avait peur, on les imaginait suppliciées. Quand Patrick disait bras, mollet, colonne vertébrale, plante des pieds, sensation de chaleur au bout des doigts, c'était avec patience et tendresse, sa voix les enveloppait de douceur, voulait les rassurer, leur dire que tous ces morceaux d'eux étaient amis, conspiraient à leur bien, et pourtant les muscles se contractaient, tout était raide, serré, ramassé comme on l'est lorsqu'on vous attaque de toutes parts et jusqu'à l'intérieur de vous-même. Patrick disait de respirer calmement, profondément, régulièrement, de laisser la vague remplir et vider le ventre, flux et reflux, mais l'air manquait, coupé comme dans la gorge de l'enfant étranglé. Le sang battait aux tempes, les doigts crochaient le sol. Des bruits bizarres, difficiles à identifier, tournaient dans les oreilles. Des chocs sourds, un cliquetis qui venait sans doute du radiateur près duquel Nicolas s'était allongé mais faisait aussi penser à une voiture roulant trop vite sur un nid-de-poule ou un gendarme couché. Le père de Nicolas aimait cette expression ; elle le faisait rire, c'était une des rares choses qui le faisaient rire : l'idée de passer avec ses roues sur un gendarme couché. La voiture cahotait à l'intérieur de Nicolas, dans ce paysage obscur, accidenté, plein de traîtrises et de précipices au fond desquels clapotaient les liquides produits par des glandes molles dont il ne savait pas les noms. Elle se frayait un chemin dans son corps, tournait comme sur une route en lacets entre ces choses tièdes et visqueuses que contenait son ventre, franchissait le col du diaphragme, où un poids presque insupportable le clouait au sol, montait dans le défilé caverneux des poumons vers sa gorge, elle allait sortir par sa bouche, il allait la cracher, avec le chargement horrible et brinquebalé de son coffre. Couché tout près de la fenêtre, sous le radiateur brûlant, Nicolas entendait le moteur ronfler de plus en plus fort, de plus en plus près. Il voyait la voiture approcher par en dessous, comme chez le garagiste quand on la montait sur le train élévateur. Tout ce métal roussi, cloqué par la surchauffe, allait lui passer dessus, les traînées d'huile et de sang couler sur lui comme les sucs dont une araignée englue vivante sa proie. Les pneus crissaient sur la neige, derrière la fenêtre. Le moteur s'arrêta, on entendit claquer une portière, puis une autre. Patrick dit de continuer, de ne pas faire attention, mais personne ne pouvait continuer, plusieurs enfants s'étaient déjà levés, se frottaient les yeux comme au sortir d'un cauchemar, regardaient par la fenêtre la camionnette que venaient de quitter les gendarmes. Déjà, ils frappaient à la porte du chalet.

Ça y est, pensa Nicolas : ils viennent pour moi. Il chercha des yeux Hodkann, avec l'idée folle qu'ils pourraient avant d'être pris s'enfuir ensemble, mais se rappela qu'il était consigné au dortoir. Maintenant, la maîtresse accueillait les gendarmes, elle les faisait monter dans le petit bureau qui avait été le royaume de Nicolas quand sa vie n'avait pas encore volé en éclats. De là-haut, elle appela Patrick et Marie-Ange pour qu'ils viennent aussi, et Patrick fit promettre aux enfants d'être calmes en leur absence. Personne ne songeait à chahuter. Chacun restait figé, sans rien dire, dans la pose où l'avait surpris l'arrivée de la camionnette. On dressait l'oreille, espérant vainement entendre ce qui se disait dans le bureau, fermé pour la première fois depuis qu'ils étaient arrivés au chalet.

« De quoi tu crois qu'ils parlent ? » demanda enfin quelqu'un, d'une voix mal assurée. Un autre répondit, dédaigneux : « De quoi tu veux qu'ils parlent ? Ils font leur enquête, tiens ! »

Cet échange délia les langues. D'un air important, Maxime Ribotton dit que son père était pour la peine de mort pour les sadiques. Quelqu'un demanda ce que c'était, un sadique, et Maxime Ribotton expliqua qu'on appelait ainsi les gens qui commettaient ce genre de crimes : violer et tuer des enfants. C'étaient des monstres. Nicolas ne savait pas ce que voulait dire violer, sans doute n'était-il pas le seul, mais il n'osait demander et de toute façon devinait que cela avait un rapport avec la chose sans nom, entre ses jambes, que c'était une forme de torture touchant à cela, la pire de toutes, peut-être consistant à le couper ou l'arracher. Il était impressionné de l'assurance avec laquelle Maxime Ribotton, d'ordinaire apathique, traitait de ces questions. « Des monstres ! » répétait-il avec un ricanement féroce, comme si son père et lui avaient eu l'un d'eux sous la main et se disposaient avant de lui couper la tête à le torturer à leur tour. En l'absence de Hodkann, les circonstances révélaient en lui une sorte de vedette, parlant haut, racontant d'autres histoires d'enfants enlevés, violés, assassinés, qu'il lisait dans le journal de son père, un journal spécial où il n'était question à l'entendre que de cela. Les « hommes méchants » dont on parlait chez Nicolas avec une insistance angoissée mais évasive, sans jamais préciser en quoi se manifestait leur méchanceté, semblaient être, plus que Schubert, Schumann et les pantalons tachés, le principal sujet de conversation des Ribotton, et le jour où ce sujet tombait enfin sur le tapis, Maxime le cancre sournois triomphait.

Pendant cette discussion, Nicolas se tenait en retrait, au seuil du hall, et il eut tout à coup la surprise de voir Hodkann, déboulant de l'escalier, le traverser très vite jusqu'à la porte d'entrée. Leurs regards se croisèrent, celui de Hodkann terriblement impérieux, comme si sa vie et plus encore dépendait du silence de Nicolas. Sans bruit, il sortit du chalet. Seul Nicolas avait remarqué son passage. A l'instant où Hodkann refermait derrière lui la porte d'entrée, celle du bureau s'ouvrit et on entendit les voix des gendarmes, de la maîtresse et des moniteurs qui à leur tour descendirent l'escalier. Ribotton et les autres se turent.

« Une enquête de ce genre, soupira un des gendarmes, c'est un travail de fourmi. On cherche, on cherche, on ne sait pas dans quelle direction, et quand on trouve, le plus souvent, c'est parce que le type s'affole et fait une bêtise. » Tous les cinq paraissaient accablés. Du hall, ils regardèrent la salle où se tenaient les enfants, maintenant silencieux, et l'autre gendarme, celui qui au café avait eu en parlant des disparus cet accès de révolte impuissante, secoua encore la tête et murmura : « Un gamin de cet âge... Sainte Vierge, priez pour nous. » La maîtresse acquiesça en fermant les yeux, paupières serrées, c'était devenu un tic chez elle depuis le matin. Puis les gendarmes s'en allèrent. Nicolas et les autres regardèrent par la fenêtre leur camionnette manœuvrer sur le terre-plein enneigé, s'engager entre les sapins sur le chemin conduisant à la route. Personne n'y passait, sauf les occupants du chalet, mais ils mirent tout de même le clignotant avant de tourner.

24

Personne ne se doutait de l'absence de Hodkann, sauf Nicolas. Il ne savait que craindre, mais le craignait terriblement. La nuit précédente déjà, quand ils avaient discuté de ce qu'il appelait leur plan de campagne, Hodkann pensait, ou feignait de penser, qu'il pourrait dénicher des indices en passant au peigne fin le voisinage du chalet – bien qu'un mètre de neige fût tombé depuis la disparition de René – ou en demandant, l'air de rien, aux habitants du village s'ils n'avaient pas remarqué ces derniers temps de camionnettes inconnues. Nicolas, inquiet, ne cessait de lui recommander la prudence. Il aurait mieux aimé que Hodkann n'interroge personne, même l'air de rien, et que sous prétexte d'enquête ils se contentent de poursuivre toutes les nuits cette conversation chuchotée, clandestine, rendue excitante par une menace qui n'aurait rien perdu pour lui à rester imaginaire. Maintenant que la tragédie avait eu lieu, qu'est-ce que Hodkann allait inventer ? Que se passerait-il si dans une heure, si ce soir il n'était pas revenu ? S'il disparaissait à son tour ? Si demain on retrouvait son cadavre démembré dans la neige ? Nicolas serait coupable d'avoir gardé le silence. En parlant à temps, c'est-à-dire tout de suite, il avait peut-être une chance de prévenir le pire.

La nuit tombait, on avait allumé les lumières. Nicolas tournait autour de Patrick, cherchant une occasion de lui parler discrètement, mais chaque fois qu'elle se présentait il hésitait encore et la laissait passer. Il pensa qu'ils allaient les uns et les autres être attirés hors du chalet, chacun à son tour, chacun se lançant seul, absurdement seul, à la recherche du précédent, et à la fin c'est lui, Nicolas, qui se retrouverait seul, vraiment seul, à attendre que celui qui les avait tous tués se décide à entrer, pour en finir. Il regarderait le loquet de la porte d'entrée qui lentement s'abaisserait et voilà, le moment serait venu d'affronter cette horreur qui n'avait pas de nom, qu'il sentait depuis toujours rôder autour de lui, qui serait là.

Quand l'heure vint de mettre la table pour le dîner, la maîtresse se rappela Hodkann consigné et cria en levant la tête dans la cage d'escalier qu'il pouvait venir, maintenant. Nicolas tremblait, mais il arriva ce à quoi il s'attendait le moins : Hodkann descendit tranquillement et se joignit aux autres comme si de l'après-midi il n'avait pas quitté le dortoir. Quand, comment il était rentré, Nicolas ne le sut jamais.

Le dîner se déroula dans une atmosphère lugubre contre laquelle personne n'essaya de lutter, puis on alla se coucher, plus tôt que d'habitude. « Essayez de bien dormir, les gars, dit Patrick. Demain est un autre jour. » Nicolas se dirigea vers ce qui était devenu sa chambre, mais la maîtresse lui dit qu'il n'était plus malade et pouvait retourner au dortoir.

En allant reprendre son pyjama, roulé en boule sous le coussin du divan, il s'attarda un instant dans le bureau où depuis la visite des gendarmes il n'avait plus sa place. La douce lumière de la lampe de chevet sous son abat-jour orange lui donna envie de pleurer. Pour se retenir, il mordilla son poignet, celui autour duquel Patrick avait noué le bracelet brésilien, un peu effiloché maintenant. Il repensa au jour de leur déménagement, un an et demi plus tôt. La décision de quitter la ville où il avait passé son enfance avait été prise très vite, dans une précipitation à laquelle il n'avait rien compris. Sa mère lui répétait avec une insistance véhémente qu'il serait beaucoup plus heureux là où ils allaient, qu'il s'y ferait plein de nouveaux copains, mais sa nervosité, ses accès de colère et de sanglots, sa façon d'écarter de la main, comme un ennemi, le rideau de cheveux ternes qui lui retombait aussitôt sur le visage, laissaient peu de chance à Nicolas de croire ces paroles rassurantes. Son petit frère et lui avaient cessé d'aller à l'école, elle les gardait tout le temps à la maison. Les volets, même de jour, restaient fermés. C'était l'été, on étouffait dans ce climat de siège, de catastrophe et de secret. Nicolas et son petit frère demandaient leur père, mais il était parti pour une longue tournée, disait-elle, il les rejoindrait dans l'autre ville, dans le nouvel appartement. Le dernier jour, une fois emballées les caisses que les déménageurs devaient venir chercher après leur départ, il s'était assis au milieu de sa chambre vide et il avait pleuré comme on pleure quand on a sept ans et qu'il se passe quelque chose d'affreux qu'on ne comprend pas. Sa mère avait voulu le prendre dans ses bras pour le consoler, elle répétait sans cesse Nicolas, Nicolas, et il savait qu'elle lui cachait quelque chose, qu'il ne pouvait pas se fier à elle. Elle s'était mise aussi à pleurer, mais comme elle ne lui disait pas la vérité ils ne pouvaient même pas pleurer ensemble.

25

Le retour au dortoir rendait plus difficile aussi le conciliabule secret qu'il lui fallait avoir avec Hodkann. Où était-il allé, et quoi faire ? Il n'avait pas rompu, la maîtresse le gardant à l'œil, le morne silence du dîner, et s'était mis au lit sans même se laver les dents, sans parler à personne, tourné contre le mur dans l'attitude du fauve qu'il vaut mieux ne pas déranger. Nicolas, allongé sur la couchette du dessus, raide comme un gisant, se demandait s'il dormait ou non. Une heure passa ainsi. Enfin Hodkann souffla : « Nicolas » et, sortant sans bruit du lit, lui fit signe de le suivre. Nicolas descendit l'échelle, sur la pointe des pieds le rejoignit dans le couloir. Au moment où il passa devant lui, Lucas se redressa en grognant :

« Qu'est-ce que vous faites ? », mais Hodkann, glissant la tête par la porte, se contenta de dire : « La ferme ! » d'une voix sourde, et l'autre se le tint pour dit. Par prudence, ils s'éloignèrent du dortoir, allant jusqu'à la fenêtre au fond du couloir. D'un geste souple, Hodkann se hissa sur l'appui, le dos à la croisée, en sorte que sa silhouette se détachait nettement sur les masses noires et blanches des sapins ployant sous la neige, tandis que son visage restait dans l'ombre. Nicolas eut peur de cette ombre.

« Alors ? murmura-t-il.

– C'est bien une R 25 grise, la voiture de ton père ? » dit Hodkann d'une voix neutre.

Nicolas comprit que ce qui glaçait son front était ce que dans les histoires d'épouvante qu'il lisait en cachette on appelait une sueur froide. Il ne répondit pas.

Hodkann reprit : « Oui, c'est une R 25 grise, je me rappelle très bien. Tout à l'heure, quand les gendarmes sont venus, je suis descendu du dortoir et j'ai écouté ce qu'ils disaient derrière la porte du bureau. Ils ont parlé de ce qu'on avait fait à René, et ça, j'aime mieux ne pas te raconter. J'en suis encore malade. Et puis ils ont demandé si on n'avait pas vu une R 25 grise dans le secteur. Les monos ont dit que non, ils n'ont pas dû y penser, ou pas faire attention quand ton père est venu. Alors j'ai réfléchi et, quand j'ai vu qu'ils allaient partir, je suis descendu vite, avant eux, et je suis allé les attendre sur la route. » Hodkann se tut quelques instants, puis ajouta :

« Je leur ai tout dit. »

Il se tut de nouveau. Nicolas ne bougeait pas. Il regardait ce visage d'ombre.

Alors le ton de Hodkann changea. Sans vouloir abdiquer son autorité, il se justifiait à présent. « Ecoute, Nicolas, chuchota-t-il, il le fallait. Je sais, je t'avais promis de ne pas en parler, mais ton père est en danger. C'est certainement pour ça qu'ils le cherchent, pourquoi crois-tu ? En ce moment, il est peut-être prisonnier des trafiquants. Peut-être qu'ils l'ont déjà tué, dit-il avec une soudaine brutalité, comme pour secouer Nicolas. Mais s'ils ne l'ont pas tué, il est encore temps de le retrouver, et ce n'est pas nous qui le ferons en cherchant des traces de pas dans la neige. Ce n'est pas le Club des Cinq, Nicolas, ces types sont des monstres. Nicolas, écoute-moi, insista-t-il, presque suppliant : s'il y a une chance de sauver ton père et qu'on la laisse passer, tu ne crois pas que tu te le reprocheras toute ta vie ? S'il meurt par ta faute ? Imagine ta vie après ça. »

Hodkann s'interrompit, voyant que son plaidoyer n'avait aucun effet sur Nicolas, qui restait pétrifié. De guerre lasse, il haussa les épaules : « De toute façon, c'est fait. » Puis, se laissant glisser de l'appui de la fenêtre, il tendit la main pour prendre celle de Nicolas.

« Nicolas... » murmura-t-il avec une douceur désolée. Nicolas recula d'un pas pour qu'il ne le touche pas. « Nicolas, je comprends... » insista Hodkann. Il caressa ses cheveux, voulut attirer sa tête sur son épaule, et cette fois Nicolas se laissa faire. Debout, pressé contre la poitrine de Hodkann qui continuait à lui caresser les cheveux et répétait doucement son prénom, il sentait la chaleur de son corps immense, blanc et moelleux, moelleux comme un énorme oreiller d'où seule saillait cette chose dure et sans nom qui se pressait contre son ventre. Lui au contraire était tout raide, contracté, comme pris dans la glace, mais c'était mou et vide entre ses jambes. Il n'y avait rien là, du vide, un territoire absent. Les yeux grands ouverts, il regardait derrière l'épaule de Hodkann, derrière la fenêtre, la masse sombre des sapins qui ployaient sous la neige et, derrière encore, le noir.

26

Vingt ans plus tard, une nuit de décembre, Nicolas remontant des jardins traversa l'esplanade du Trocadéro déserte et s'entendit appeler par son prénom. Il vit un homme très grand, très gros, une véritable montagne humaine, assis sur un banc de pierre au pied d'une statue dorée représentant un héros de la mythologie grecque. Sur le banc, à côté de lui, il y avait une bouteille de vin rouge et un saucisson dans l'emballage froissé duquel scintillait la lame d'un couteau. Le crâne de l'homme était rasé, bosselé, sa barbe longue et noire. Dans ses vêtements informes, qu'on devinait malpropres, il avait l'air d'un clochard et d'un ogre. Nicolas reconnut Hodkann aussi instantanément que celui-ci l'avait reconnu. Hodkann répéta son prénom sur un ton d'affection parodique, d'une voix railleuse et enrouée, lourde de menace. Nicolas resta immobile à dix pas de lui, la main crispée sur la poignée de son cartable, n'osant ni s'approcher ni partir en courant. Pendant toutes ces années, il s'était demandé si Hodkann avait vraiment cru à l'histoire des trafiquants d'organes. Il avait fait des rêves où il le revoyait, et c'étaient toujours des cauchemars. Soudain, Hodkann saisit son couteau et se leva en poussant un rugissement. Debout, il était encore plus grand, encore plus gros, et il boitait. Il se rua vers Nicolas, les bras en avant, comme un ours qui charge. Nicolas comprit qu'il allait le tuer, et se mit à courir aussi. Il l'entendait rugir et haleter derrière lui. Il le distança, mais n'osa se retourner que lorsqu'il atteignit la place du Trocadéro, où passaient des voitures et des gens. Hodkann avait renoncé à le poursuivre. Il se dandinait, seul au milieu de l'esplanade, devant la tour Eiffel illuminée pour les fêtes de Noël. La tête levée vers le ciel, il riait, d'un rire énorme, tonitruant, que rien ne pourrait arrêter, ni quintes ni halètements qui pourtant le secouaient, et il y avait dans ce rire une plainte sans nom et une haine folle, toutes les deux enfermées depuis toutes ces années et s'entre-dévorant au fond de la gorge de Hodkann. Un agent de police, sur la place du Trocadéro, entendit ce rire qui donnait le frisson, jeta un coup d'œil à l'épave qui se dandinait sur l'esplanade, un autre coup d'œil au passant essoufflé qui venait de lui échapper. « Il vous a embêté ? » demanda-t-il, espérant que le passant répondrait non et qu'il n'y aurait pas lieu d'intervenir. Nicolas ne dit rien. Il resta un moment à regarder Hodkann, riant à la mort sous les étoiles glacées. Puis il s'éloigna, son cartable à la main, dans la nuit.

27

On retrouva Nicolas, le matin, recroquevillé dans le couloir au pied de la fenêtre ouverte par où entraient en voltigeant des flocons de neige. Il claquait des dents, ne dormait pas, ne parlait pas. De nouveau, comme si les gestes possibles s'étaient raréfiés, Patrick le porta dans ses bras jusqu'au divan du bureau. La maîtresse, cette fois, se montra plus irritée qu'attendrie. D'accord, Nicolas était somnambule et on ne pouvait pas lui en vouloir d'être perturbé un jour pareil, mais elle aussi était perturbée, épuisée. Elle n'avait pas l'intention de participer à la grande balade que Patrick projetait pour occuper la journée, elle espérait en profiter pour se reposer seule au chalet et se serait bien passée de devoir veiller sur un enfant malade et capricieux. Cependant, comme Nicolas de toute évidence n'était pas en état de marcher, on le laissa provisoirement reprendre sa place sur le divan du bureau et elle se retira dans sa chambre. La classe partit avec Patrick et Marie-Ange. Ils restèrent seuls.

Des heures s'écoulèrent. Nicolas avait tiré la couverture sur son visage et, sans bouger, sans presque rien ressentir, attendait. Il aurait aimé retrouver la merveilleuse chaleur de la fièvre, son cocon d'oubli, mais il n'avait pas de fièvre, seulement froid et peur. La maîtresse ne vint pas lui apporter à boire, ni lui parler. Il n'y eut pas de déjeuner. Elle devait dormir. Il ne savait même pas où était sa chambre.

Il dut s'assoupir, lui aussi, car la sonnerie du téléphone le réveilla. Il faisait déjà sombre. Pourtant, les autres n'étaient pas encore rentrés. Nicolas regarda le téléphone sonner, à portée de sa main. Le combiné tressautait légèrement sur sa fourche. Cela dura longtemps. La sonnerie prit fin, puis recommença. La maîtresse entra et décrocha, après avoir dit à Nicolas qu'il aurait pu le faire, quand même. Son visage était ensommeillé, bouffi, ses cheveux emmêlés.

« Oui ? dit-elle... Oui, c'est moi... Oui, il est justement avec moi. »

Elle jeta un regard à Nicolas, sans sourire. Puis fronça les sourcils.

« Pourquoi ? Il s'est passé quelque chose ?... Bon... »

Abaissant le combiné, elle dit à Nicolas : « Tu veux bien me laisser une minute, s'il te plaît ? » Nicolas se leva et sortit lentement, sans cesser de la regarder. « Tu devrais aller en bas, tu seras mieux », ajouta-t-elle quand il fut dans le couloir, et elle ferma la porte. Nicolas avança jusqu'à l'escalier et s'assit sur les premières marches, les genoux serrés entre ses bras. Il n'entendait rien de ce qui se disait dans le bureau, mais peut-être la maîtresse ne faisait-elle qu'écouter son interlocuteur. Un instant, il pensa se relever, approcher sur la pointe des pieds, mais n'osa pas. Quand il appuya son épaule à la rambarde de l'escalier, le bois craqua sèchement. A quelques mètres de lui, un rai de lumière orange filtrait sous la porte du bureau. Il lui sembla percevoir un son étouffé, comme un sanglot qu'on essaierait de retenir. La conversation dura longtemps, sans qu'il puisse en saisir autre chose. Tout se perdait dans un puits de silence. Au fond, très loin, une eau noire miroitait.

Enfin, il entendit le déclic de la fin de communication. La maîtresse ne sortit pas du bureau. Elle devait être debout, dans l'attitude où il l'avait laissée, la main encore posée sur le combiné, et fermer les yeux fort, se retenir de hurler. Ou alors elle s'était allongée sur le divan et mordait l'oreiller portant encore l'empreinte du crâne de Nicolas. Quand, quelques jours plus tôt, il l'avait imaginée apprenant au téléphone la mort accidentelle de son père, elle l'éloignait d'abord, comme elle venait de le faire, mais ensuite sortait du bureau, allait vers lui, le prenait dans ses bras. Elle le baignait de ses larmes, répétait son prénom. C'était une scène terrible, mais douce, infiniment douce, et qui maintenant ne pourrait avoir lieu. Maintenant, elle avait peur de sortir, peur de le voir, peur de lui adresser la parole. Il faudrait bien qu'elle sorte, pourtant, elle n'allait pas rester dans ce bureau toute sa vie. Nicolas, cruellement, se figurait sa détresse, le poids insupportable qui l'accablait depuis qu'elle avait raccroché le téléphone. Elle ne bougeait pas, lui non plus. Elle devait se douter qu'il était là, tout près, qu'il l'attendait. S'il frappait à la porte, elle lui crierait de ne pas entrer, pas maintenant, pas encore, peut-être qu'elle donnerait un tour de clé. Oui, elle se barricaderait plutôt que de lui montrer son visage et de voir le sien. Ce serait facile, s'il voulait, de lui faire peur. Il suffirait de dire un mot, dans le silence du couloir. Ou de se mettre à chantonner. Un chantonnement léger, innocent, obstiné, une comptine. Elle ne pourrait pas le supporter, se mettrait à hurler derrière la porte. Mais il ne chantonna pas, ne dit rien, ne bougea pas. C'était à elle, pas à lui, de prendre en charge la suite des événements, puisqu'il faudrait bien qu'il y ait une suite, que des gestes soient accomplis, des mots prononcés. Au moins des mots anodins, des mots qui ne serviraient qu'à donner le change et à faire comme si la vie continuait, comme si le coup de téléphone n'avait pas eu lieu. Peut-être allait-elle s'en tirer comme ça, faire comme s'il n'avait pas eu lieu. Attendre qu'on rappelle et qu'un autre, plus courageux, décroche. Ce serait Patrick. Le gendarme qui avait téléphoné n'y comprendrait rien. Il dirait que pourtant il avait parlé à la maîtresse, l'avait mise au courant, mais elle secouerait la tête, fermerait les yeux, contre toute évidence elle jurerait que non, qu'une autre avait dû répondre à sa place, se faire passer pour elle.

La nuit vint. On voyait la neige tomber sur les sapins, par la fenêtre de la conversation avec Hodkann. Il y eut du bruit en bas. La classe rentrait. Lumières allumées, cris, rumeurs. Après cette longue promenade ils devaient avoir de bonnes joues rouges, et peut-être pour quelques instants oublié l'horreur de la veille. Pour eux c'était l'horreur de la veille, jour après jour elle irait s'éloignant, s'atténuant, bientôt un souvenir que les parents auraient soin de ne pas réveiller. Les mères, entre elles, en parleraient à mi-voix, avec des mines entendues et navrées. Mais pour Nicolas ce serait toujours, toujours comme maintenant, en haut de l'escalier, à attendre que la maîtresse rassemble le courage de sortir.

Patrick, en montant, le trouva assis sur les marches, dans le couloir qu'éclairait seulement la lumière d'en bas.

« Qu'est-ce que tu fais là, bonhomme ? demanda-t-il gentiment. Tu serais mieux dans ton bureau.

– La maîtresse y est, murmura Nicolas.

– Ah bon ? Et elle ne veut pas de toi ? » Patrick rit et souffla : « Elle doit téléphoner à son petit ami ! »

Il frappa, pour la forme, à la porte du bureau, et, comme Nicolas l'avait prévu, la maîtresse demanda : « Qui est-ce ? », d'une voix altérée. Puisque c'était lui, elle ouvrit, mais aussitôt referma la porte. Ils étaient deux maintenant à se barricader, pensa Nicolas. Bientôt ce serait tout le monde, sauf lui, et chacun essaierait de se décharger sur son voisin du fardeau d'aller le voir, de lui parler. Lui dire la vérité ? Non, ils ne pourraient pas. Personne ne le pourrait, dire cette vérité-là à un petit garçon.

Il faudrait bien pourtant que quelqu'un le fasse. Nicolas attendait, presque curieux.

Patrick resta un long moment dans le bureau, mais il eut, lui, le courage de ressortir et de venir s'asseoir sur les marches à côté de Nicolas. Quand il lui saisit le poignet pour examiner l'état d'usure du bracelet brésilien, ses mains tremblaient. « Dis donc, c'est solide ! », dit-il et, aussitôt effrayé par le silence, il se mit à raconter une histoire de généraux mexicains et de Pancho Villa à laquelle Nicolas ne comprit rien, qu'il n'essaya pas de comprendre mais qui devait se vouloir drôle car Patrick la ponctuait de petits rires sonnant faux. Il parlait pour parler, faisait ce qu'il pouvait, et Nicolas trouva que c'était bien de sa part. S'il avait pu, il l'aurait interrompu, regardé dans les yeux en disant que c'était gentil, mais pas la peine, ces histoires de Pancho Villa, et qu'il voulait savoir la vérité. Patrick le sentit et tout à coup abandonna l'histoire, qui était loin d'être finie. Sans chercher à masquer sa défaite, il happa l'air comme un noyé et dit très vite : « Ecoute, Nicolas, il y a eu un problème chez toi... C'est dommage pour la classe de neige, mais la maîtresse, et moi aussi, on pense que ce serait mieux que tu retournes à la maison... Oui, ce serait mieux..., ajouta-t-il pour meubler le silence.

– Quand ? murmura Nicolas, comme si c'était la seule question qui se posait.

– Demain matin, répondit Patrick.

– On va venir me chercher ? »

Nicolas se demanda s'il préférait ou non que ce soient les gendarmes.

« Non, dit Patrick, je t'emmènerai, moi. Ça te va si c'est moi ? On s'entend pas mal tous les deux. »

Essayant de sourire, il ébouriffa les cheveux de Nicolas qui se mordit les lèvres pour ne pas pleurer en pensant aux rois du pétrole. Patrick devait être soulagé d'avoir dû seulement répondre à des questions sur l'organisation du voyage et non sur son motif. Peut-être trouvait-il étrange que Nicolas ne montre pas plus d'étonnement. Tout de même, l'enfant demanda, d'une voix presque inaudible : « C'est grave, ce qui est arrivé chez moi ? » Patrick réfléchit et dit : « Oui, je crois que c'est grave. Ta maman t'expliquera. » Nicolas baissa les yeux et se mit à descendre l'escalier, mais Patrick le retint, lui pressa fort l'épaule et tâcha de sourire en disant : « Courage, Nicolas. »

28

Pendant le dîner, où la maîtresse ne parut pas, Maxime Ribotton qui ne voulait pas perdre son nouveau sujet de conversation se remit à parler des sadiques assassins d'enfants et du traitement que son père et lui étaient partisans de leur infliger. Patrick lui ordonna sèchement de se taire. Le nez dans son assiette, Nicolas mangea le gratin dauphinois que le cuisinier avait préparé pour reconstituer les forces des randonneurs. A la fin, Patrick proposa que pour l'en remercier on crie : « Hip hip hip hourra ! », trois fois, et Nicolas cria avec les autres, trois fois : « Hip hip hip hourra ! »

Ensuite, il demanda à Patrick s'il pourrait dormir dans le bureau, la dernière nuit. Patrick hésita avant de dire d'accord, et Nicolas comprit que c'était à cause du téléphone. Il monta se coucher avant les autres, sans leur dire au revoir, sans être remarqué, sauf de Hodkann qui depuis le début de la soirée ne le quittait pas des yeux. Mais ceux de Nicolas se dérobaient.

Personne, apparemment, ne savait qu'il partait.

Un quart d'heure plus tard, Patrick vint le rejoindre et lui dit qu'ils prendraient la route tôt le lendemain matin. Il fallait bien dormir. Voulait-il un cachet pour l'y aider ? Nicolas dit oui, fit passer le cachet avec un peu d'eau. C'était la première fois qu'il prenait un somnifère. Il savait qu'on pouvait mourir si on en avalait beaucoup à la fois. A l'époque du déménagement et de la longue absence de son père, il avait cherché dans toute la maison le tube dont celui-ci se servait. Mais il devait l'avoir emporté avec lui, ou bien sa mère l'avait rangé dans un tiroir fermé à clé.

Patrick s'assit au bord du lit, comme pour parler, mais il ne trouvait pas de mots. Personne désormais ne trouverait plus de mots pour s'adresser à lui. Patrick était réduit aux mêmes pauvres gestes que tout à l'heure, la main pressant l'épaule, le demi-sourire triste et affectueux. Il n'osa pas répéter « courage », sentant probablement combien c'était hypocrite. Il resta une minute assis sans rien dire, puis se releva. Il avait rassemblé et fourré dans un sac en plastique les affaires neuves de Nicolas, celles qu'il lui avait achetées au supermarché. Avant d'éteindre la lumière et de sortir, il posa le sac au pied du lit, prêt pour le lendemain. Nicolas se rappela son sac à lui, soigneusement préparé huit jours plus tôt pour le départ en classe de neige. Les gendarmes avaient dû le trouver dans le coffre de la voiture, certainement le fouiller. Il se demanda s'ils avaient réussi à ouvrir son coffre-fort et ce qu'ils y avaient découvert.

29

Nicolas ne se rendit pas compte qu'il s'endormait, mais se réveilla avant l'aube. Il ne reconnut pas la pièce autour de lui et crut d'abord être dans sa chambre, à la maison. Il avait peur car, pendant son sommeil, trahissant la promesse qu'on lui faisait chaque soir, on avait fermé la porte et éteint la lumière dans le couloir. Il murmura : « Maman », faillit le répéter plus fort, crier, mais se retint et d'un coup se rappela tout. Il resta un moment sans bouger, espérant que la nuit durerait toujours. Ainsi doivent espérer les condamnés à mort. Ses yeux s'accoutumaient à l'obscurité et il se demanda s'il n'y avait pas quelque chose, caché dans la pièce, qui d'une façon ou d'une autre pourrait l'aider. Stopper le cours des heures, empêcher de l'atteindre, le faire disparaître. Mais il ne vit rien. Se cacher sous le lit serait inutile. Téléphoner, mais qui appeler au secours ? Quoi dire ?

En approchant de la fenêtre, il s'aperçut qu'elle était munie de barreaux. Il avait dormi là trois nuits sans les remarquer. Ou bien venait-on de les poser, pendant son sommeil, pour être certain qu'il ne s'échapperait pas ? Ils semblaient vieux pourtant, profondément enfoncés dans le ciment. C'était lui qui n'avait pas fait attention.

Pas d'autre issue que la porte. Il fouilla dans le sac en plastique, enfila à tâtons ses habits. En passant le blouson, il provoqua le froissement familier et sinistre de l'affichette portant la photo de René. Il ouvrit les tiroirs du bureau, à la recherche d'argent qui faciliterait sa fuite, mais ne trouva rien. Sans bruit, il tira la porte et sortit.

Dans la salle du bas, une lampe était allumée, une seule, éclairant un peu l'escalier en haut duquel, une fois encore, il s'immobilisa. Patrick et Marie-Ange étaient déjà levés. Ils parlaient très bas, mais le silence dans le chalet était tel qu'en se penchant Nicolas pouvait les entendre.

« Un sucre », dit Marie-Ange, et la cuiller tinta dans la tasse.

« N'importe comment, reprit Patrick, les gosses vont le savoir très vite. Et puis si les gens du village apprennent qu'il est ici, dans l'état où ils sont, on ne sait pas de quoi ils sont capables.

– Ce n'est pourtant pas sa faute », dit doucement Marie-Ange. Elle poussa un grand soupir et murmura : « Quelle horreur, Seigneur, quelle horreur... »

Nicolas entendit un sanglot, puis encore Patrick : « Tu sais, c'est atroce, ce qui est arrivé à René, mais je crois que j'ai encore plus pitié de lui. Tu imagines, se trimballer ça ? Qu'est-ce que va être sa vie ? »

Il y eut un silence, puis Marie-Ange, sans cesser de sangloter et de tourner sa cuiller, dit : « C'est bien que ce soit toi qui l'emmènes. Tu crois que tu vas lui parler ?

– Non, répondit Patrick d'une voix sourde. Ça, je ne peux pas.

– Qui va lui dire, alors ?

– Je ne sais pas. Sa mère. Elle devait s'attendre, un jour, à un truc de ce genre. Son père a déjà eu des ennuis, il y a deux ans. Ce n'était pas aussi grave, mais quand même une très sale histoire. »

Silence encore, sanglots, puis : « Je vais aller le réveiller. Il faut qu'on y aille. »

Patrick trouva Nicolas debout, tout habillé, en haut de l'escalier, et chercha à lire sur son visage s'il les avait entendus. Mais on ne pouvait rien lire sur le visage de Nicolas et, de toute façon, qu'est-ce que cela changeait ?

Quand ils redescendirent, Marie-Ange posa son bol sur la table, tamponna ses yeux rouges avec un kleenex roulé en boule et serra silencieusement Nicolas contre elle, très fort. Elle donna aussi un petit baiser à Patrick, au coin des lèvres, puis ils sortirent tous les deux. Il faisait encore nuit. Tout le monde dormait dans le chalet. De la neige était encore tombée, où leurs pieds s'enfonçaient. Des nuages de vapeur sortaient de leurs bouches, d'une blancheur presque opaque sur la masse sombre des sapins. Arrivé à la voiture, Patrick demanda à

Nicolas de tenir son petit sac de voyage pendant qu'il dégageait à mains nues les vitres enneigées, s'escrimait sur les essuie-glaces collés au pare-brise par le givre. Quand il eut fini et ouvert les portières, Nicolas voulut monter à l'avant, comme l'autre fois, mais Patrick dit que non : ils allaient circuler sur la grande route, et la gendarmerie faisait des contrôles.

30

« Tu veux qu'on mette de la musique ? » demanda Patrick. Nicolas répondit qu'il voulait bien. Tenant le volant d'une seule main, Patrick fouilla de l'autre dans la mallette où étaient rangées les cassettes. Nicolas se demanda s'il allait remettre celle qu'ils avaient écoutée le jour du supermarché, mais il en choisit une autre, plus douce et lente. Accompagnée seulement par une guitare, la voix était presque plaintive et, même sans comprendre les paroles en anglais, on pouvait se figurer qu'il était question d'un voyage en hiver, sur des routes enneigées, bordées de sommeil. Nicolas s'allongea sur la banquette, en se faisant un coussin de la vieille couverture effrangée qui sentait le chien. Il faillit demander à Patrick s'il en avait un, là où il habitait, et aussi où il habitait, dans quel cadre se déroulait sa vie, mais, pour n'avoir pas l'air de rechercher la conversation, ne dit rien. Patrick devait avoir peur qu'il lui pose des questions et il se promit de ne pas le faire. Sa tête étant derrière le siège du passager, il pouvait en levant les yeux voir le profil perdu de Patrick, concentré sur la route. La queue de cheval reposait sur son épaule, ses mains sur le volant étaient brunes et musclées, avec des tendons saillants, exactement les mains que Nicolas aurait aimé avoir quand il serait grand, mais maintenant il savait que c'était impossible. Le chauffage marchait fort, pour dissiper la buée sur les vitres. Nicolas avait replié les jambes, serré ses mains entre ses cuisses et se rendit compte avec étonnement qu'il pouvait somnoler, se laisser bercer comme s'il avait de la fièvre par la chaleur, la musique plaintive et calme, le bruit apaisant de la soufflerie. A l'aller, il avait compté sur la carte le nombre de kilomètres, 430, et ils n'en avaient pas encore fait 20. Tant qu'il ne quittait pas la voiture, il était en sécurité.

Quand il se réveilla, ils roulaient déjà sur l'autoroute. Il n'y avait plus de neige, mais le ciel était blanc. Patrick n'avait pas remis de cassette, sans doute pour ne pas troubler son sommeil. Il avait arrêté la soufflerie. Il regardait devant lui, le corps très droit, la queue de cheval sur l'épaule, comme si depuis le départ il n'avait pas bougé. Quand Nicolas se redressa il s'en rendit certainement compte, mais garda le silence. Au bout de quelques minutes seulement, il se força à dire sur un ton qui se voulait enjoué : « Alors, on a bien écrasé ? », et Nicolas répondit que oui, puis le silence retomba. Nicolas guettait les panneaux indicateurs pour savoir quelle distance les séparait encore de la ville où il habitait. 210 kilomètres. Ils avaient presque fait la moitié du voyage. Il se reprocha d'avoir, en dormant, laissé passer si vite cette première moitié. Il devinait qu'à partir de maintenant tout allait s'accélérer.

Patrick se déporta sur la droite, ralentit et rétrograda dans le couloir desservant une station Esso. Nicolas pensa aux bons-cadeaux de Shell et se mit tout à coup à pleurer. C'étaient des pleurs, pas des sanglots, ils coulaient sans bruit sur ses joues. Patrick ne se serait aperçu de rien s'il ne s'était à ce moment arrêté devant les pompes à essence et retourné vers lui. Nicolas ne put s'arrêter de pleurer, mais baissa les yeux. Patrick resta un moment, de biais sur son siège, à le regarder sans rien dire. Il murmura « Nicolas... », une fois de plus. C'était tout ce qui restait possible, répéter un prénom, avec amour et désespoir. Les parents de René devaient le faire aussi, la nuit, couchés dans le lit où plus jamais ils ne dormiraient paisiblement, et ceux de l'enfant emmuré par l'anesthésie ratée. D'autres, comme le gendarme et Marie-Ange, disaient aussi « Seigneur », « Sainte Vierge », « Seigneur Jésus ». Les gens ne pouvaient plus lui parler, alors, croyants ou non, ils s'accrochaient à cette dernière ressource : prier pour lui, demander à Jésus, ressuscité ou non, d'avoir pitié de lui.

« Viens, Nicolas, finit par dire Patrick, on va aller manger quelque chose. Tu n'a pas pris de petit déjeuner, tu dois avoir faim. » Nicolas n'avait pas faim et se doutait que Patrick non plus, mais il le suivit, après qu'il eut fait le plein, au relais de l'autoroute.

Près de l'entrée se trouvait un présentoir à journaux devant lequel Patrick eut un instant de panique. Il fit ce qu'il pouvait pour se mettre devant, détourner l'attention de Nicolas qui se laissa faire docilement, mais eut quand même le temps d'entrevoir la photo et le mot « monstre » dans le titre à demi caché par la pliure du journal. Patrick l'entraîna vite vers le distributeur et s'assura qu'on pouvait sortir par une autre porte. Il prit un café, acheta un petit pain au chocolat et un jus d'orange à Nicolas, puis ils allèrent s'asseoir dans le coin, près des toilettes, où se trouvaient trois tables de plastique gris à la surface gluante, chargées de gobelets en carton vides. Patrick dit poliment bonjour à la seule occupante du lieu, une femme blonde qui buvait un café. Elle répondit bonjour et sourit à Nicolas que ce sourire transperça.

Son manteau de fourrure, brillant comme s'il avait été recouvert de rosée, était ouvert sur une robe bleue d'une matière mouvante, précieuse. De son chignon lâche s'échappaient sur la nuque des cheveux blonds qu'on avait envie de caresser. Elle donnait une impression de richesse et de luxe, contrastant avec la grisaille malpropre de l'endroit, mais surtout de douceur, une douceur enveloppante, magique, presque insoutenable. Elle était belle : précieuse, douce et belle. Calmement, sans impatience, elle regardait le parking au-dehors, le local sinistre autour d'elle, et quand son regard revint sur Nicolas, elle lui sourit de nouveau, d'un sourire qui n'était pas distrait, pas insistant non plus, mais s'adressait à lui, personnellement, l'enveloppait tout entier de cette tendresse céleste qui émanait d'elle. La robe de soie bleue, échancrée assez bas, laissait voir la naissance de ses seins, et une pensée bizarre vint à Nicolas : l'intérieur de son corps, ses viscères, ses boyaux, le sang circulant dans ses veines devaient être aussi propres et lumineux que son sourire. Il se rappela la fée bleue de *Pinocchio*. Auprès d'elle on n'avait plus rien à redouter. Elle pouvait, si elle voulait, faire disparaître l'horreur, faire que n'ait pas été ce qui avait été, et si elle savait, elle voudrait, c'était certain.

Patrick se leva et dit qu'il allait une minute aux toilettes. Nicolas comprit que dans cette minute allait se jouer sa vie. Il fallait qu'il parle à la fée. Qu'il lui dise de le sauver, de l'emmener avec elle là où elle allait. Il n'aurait pas à s'expliquer, il était sûr qu'elle comprendrait, qu'une phrase suffirait. « Sauvez-moi, madame, emmenez-moi. » Elle serait étonnée un instant, mais le regarderait attentivement, avec cette attention, cette douceur qui traversaient le cœur et donnaient envie de pleurer, et elle saurait alors qu'il disait la vérité, qu'elle seule pouvait accomplir le miracle. Elle dirait : « Viens », le prendrait par la main. Ils courraient jusqu'à sa voiture, quitteraient l'autoroute à la première sortie. Ils rouleraient longtemps, lui à côté d'elle. En conduisant, elle lui sourirait, elle murmurerait que c'était fini maintenant. Ils iraient loin, très loin, là où se déroulait sa vie qui lui ressemblait, douce, précieuse et belle, et elle lui permettrait de rester toujours près d'elle, hors de danger, en paix.

Nicolas ouvrit la bouche, mais aucun son n'en sortit. Il fallait qu'il attire son attention, qu'avec ses yeux au moins il fasse passer le message. Il fallait qu'elle le regarde, croise sa supplication silencieuse, cela suffirait pour qu'elle comprenne. Oui, oui, elle comprendrait. Elle saurait deviner l'agonie qui se déroulait à l'intérieur de ce petit garçon croisé dans un relais d'autoroute, et qu'elle seule pouvait l'y arracher. Mais elle ne le regardait plus, elle regardait dehors, suivant des yeux un homme vêtu de noir qui marchait à grandes enjambées sur le parking, vers eux. La gorge serrée, broyée par le silence qui montait de son ventre, Nicolas vit l'homme approcher, pousser la porte vitrée. Il pencha vers la femme un visage amoureux et posa un baiser dans son cou, près des cheveux follets échappés du chignon. Elle lui souriait, de son sourire céleste. Elle ne voyait plus que lui. Jamais de sa vie Nicolas n'avait haï quelqu'un ainsi, pas même Hodkann.

« C'est réparé, dit l'homme, on peut y aller ».

La fée se leva et sortit avec lui. En refermant la porte, elle fit à Nicolas un petit signe de la main, puis lui tourna le dos. L'homme passa le bras autour de ses épaules pour la réchauffer et Nicolas les vit s'éloigner vers leur voiture, y monter, disparaître.

Ses doigts sous la table étaient emmêlés, noués les uns aux autres inextricablement, et il vit que par terre, entre ses pieds, une sorte de filament rouge et bleu traînait parmi les emballages de sucre et les mégots. Le bracelet brésilien était tombé. Il essaya de se rappeler le vœu formé au moment où Patrick le lui avait noué, une semaine plus tôt, mais n'y arriva pas : peut-être qu'à force d'hésiter, à la recherche de celui qui le protégerait le mieux de tous les dangers de la vie, il n'en avait pas fait du tout.

31

Le reste du voyage, Nicolas se demanda quelles avaient été ses dernières paroles. Une brève réponse, sans doute, faite à Patrick dans la voiture. Il avait décidé de ne plus parler, plus jamais. C'était la seule protection qu'il pouvait à présent imaginer. Plus un mot, on ne tirerait plus rien de lui. Il deviendrait un bloc de silence, une surface lisse et pluvieuse contre quoi le malheur rebondirait sans trouver de porte. Les autres lui parleraient, s'ils voulaient, s'ils osaient, et il ne leur répondrait pas. Ne les entendrait pas. Il n'entendrait pas ce que lui dirait sa mère, vérité ou mensonge, ce serait sans doute un mensonge. Elle raconterait que son père avait eu un accident lors de sa tournée, que pour une raison ou pour une autre on ne pouvait pas lui rendre visite à l'hôpital. Ou bien qu'il était mort, et on n'irait pas davantage à son enterrement, ni se recueillir sur sa tombe. On changerait encore de ville, on changerait peut-être de nom, dans l'espoir de lasser le silence et la honte qui seraient désormais leur lot, mais ce ne serait plus son affaire, lui se tairait, se tairait toujours.

Arrivé aux abords de la ville, Patrick relut l'adresse qu'on lui avait écrite sur un bout de papier et demanda à Nicolas s'il savait comment aller chez lui. Nicolas ne répondit pas. Il répéta sa question, cherchant à attraper son regard dans le rétroviseur, mais Nicolas baissa les yeux et il n'insista pas. Il s'arrêta devant un agent de police, qui le renseigna. Puis ils roulèrent à travers la banlieue, sous la pluie. La rue où habitait Nicolas était dans le mauvais sens, il fallut faire le tour du pâté de maisons, mais il y avait une place libre juste devant la porte. Patrick y gara la voiture, s'y reprenant à deux fois pour le créneau. Il fit descendre Nicolas et le prit par la main, comme un petit enfant. Mais il ne parla pas, ne répéta pas son prénom. Son visage vidé n'exprimait plus rien.

Dans l'étroite entrée de l'immeuble, Patrick regarda les noms au-dessus des boîtes aux lettres. Il avait deviné que Nicolas ne l'aiderait pas à trouver. Ils attendirent en silence l'ascenseur. Les portes coulissantes chuintèrent en se refermant sur eux. Patrick tarda plus qu'il n'était habituel à presser le bouton de l'étage. Il avait gardé la main de Nicolas dans la sienne et la serrait très fort. Dans le miroir sombre qui tapissait la cloison, Nicolas vit qu'il pleurait. La boîte où ils étaient enfermés sembla s'enfoncer dans le sol, puis, d'une secousse, s'éleva. On entendait les câbles grincer. Nicolas espéra que la cabine s'arrêterait entre deux étages et qu'ils y resteraient toujours. Ou bien qu'une fois montée assez haut elle se détacherait, plongerait à toute allure dans le puits noir où ils s'engloutiraient.

Le palier était un long couloir sans fenêtres, bordé de portes, et la sienne se trouvait tout au fond. Le bouton de la minuterie luisait faiblement dans la pénombre. Patrick n'alluma pas. Ils avancèrent tous les deux dans le couloir, très lentement. Nicolas se rappela la phrase de Patrick, le matin : « Qu'est-ce que va être sa vie ? » Ils atteignirent la porte, derrière laquelle on n'entendait aucun bruit. Patrick leva la main vers le bouton de la sonnette, attendit encore plus longtemps que dans l'ascenseur, enfin appuya. Doucement, il dégagea son autre main de celle de l'enfant. Il ne pouvait plus rien pour lui maintenant. La moquette, à l'intérieur de l'appartement, étouffait les pas, mais Nicolas savait que la porte allait s'ouvrir, qu'à cet instant sa vie commencerait et que dans cette vie, pour lui, il n'y aurait pas de pardon.

Paris, 9 décembre 1994
Pors-Even, 2 février 1995

Achevé d'imprimer par GGP
en mai 1996
pour la compte de France Loisirs Paris

Dépôt légal: mai 1996
N° d'éditeur: 26917

Imprimé en Allemagne